U0902963

说谎的女孩

［美］E. 洛克哈特 著
王小亮 译

江苏凤凰文艺出版社
JIANGSU PHOENIX LITERATURE AND
ART PUBLISHING, LTD

图书在版编目（CIP）数据

说谎的女孩 / (美) E.洛克哈特 (Lockhart, E.) 著 ;
王小亮译. — 南京 : 江苏凤凰文艺出版社, 2018. 9
ISBN 978-7-5594-2071-8

Ⅰ. ①说… Ⅱ. ①E… ②王… Ⅲ. ①长篇小说－美国
－现代 Ⅳ. ①I712.45

中国版本图书馆CIP数据核字（2018）第097218号

江苏省版权局著作权合同登记：图字10-2018-337号

Genuine Fraud

书　　名	说谎的女孩
著　　者	[美] E. 洛克哈特
译　　者	王小亮
责任编辑	孙金荣
特约编辑	张　斌
责任校对	孔智敏　郭慧红
版权支持	张晓阳
封面设计	果　丹
封面插画	竹笋浪子
出版发行	江苏凤凰文艺出版社
出版社地址	南京市中央路165号，邮编：210009
出版社网址	http://www.jswenyi.com
印　　刷	三河市金元印装有限公司
开　　本	880毫米×1230毫米 1/32
印　　张	8
字　　数	167千字
版　　次	2018年9月第1版 2018年9月第1次印刷
标准书号	ISBN 978-7-5594-2071-8
定　　价	39.00元

（江苏凤凰文艺版图书凡印刷、装订错误可随时向承印厂调换）

致那些被教育

善即小而静的人，本书代表了我心里所有

丑陋的纠结和迸发的愤怒。

18

故事由此开始：

2017 年 6 月的第三周

卡波圣卢卡斯，墨西哥

这家饭店真不是一般的棒。

朱尔房间的迷你吧里除了薯片外还有四种不同口味的巧克力。浴缸配有泡沫喷射器。肥皂、毛巾和栀子皂液取之不尽。大堂里，每天下午四点都有一位老绅士弹奏格什温的钢琴曲。如果不介意被陌生人触摸的话，还有热黏土护肤疗法可以享受一下。整整一天，朱尔的身上都散发着氯气的味道。

位于巴哈的格兰德海滩度假村，窗帘是白色的，瓷砖是白色的，地毯是白色的，就连盛开的花朵也是白色的。一身白棉制服的员工看上去就像护工一样。朱尔已经独自在饭店待了四周。她今年十八岁。

这天早上，朱尔正在格兰德海滩的健身房里跑步。她穿着定制的海绿色鞋子，上面装饰着海军蓝的缎带。她跑步时不听歌。进行了大约一个小时的间歇跑后，一个女人走上了她身旁的跑步机。

这个女人还不到三十岁，黑色的头发紧紧地扎成一个马尾，头发上还喷了发胶。她的手臂健壮，躯干结实。她的皮肤是浅棕色的，脸颊上略施了一些腮红。她的鞋子显得很旧，上面还有干掉的泥点。

健身房里只有她们两个人。

朱尔放慢脚步，由跑步变为走步，并准备离开。她很注重隐私，而且今天的量差不多也练够了。

“你是在训练吗？”那个女人问。她指了指朱尔的显示读数，“我是说，为了马拉松之类的？”她有一口墨西哥裔美国人的口音，很可能是在西班牙语社区长大的纽约人。

“我只在中学时参加过比赛，仅此而已。”朱尔的发音清脆，就是英国人所说的那种 BBC 式英语。

女人上下打量着朱尔，“我喜欢你的口音。”她说，“你是哪儿的人？”

“伦敦。圣约翰伍德。”

“我是纽约的。”女人指了指自己。

朱尔走下跑步机，舒展了一下四肢。

“我就一个人。”过了一会儿，女人又说道，“昨天晚上到的。临到头才订的这家饭店。你来多久了？”

“多久都不算久。”朱尔说，“尤其对这种地方来说。”

“那么有什么推荐的吗？格兰德海滩这边？”

朱尔很少和饭店里的其他住客聊天，不过她觉得，回答这个问题也没什么坏处，“去参加浮潜吧。”她说，“我见过一只海鳗，大得吓人。”

“真的？海鳗？”

“向导用一牛奶罐鱼内脏把它引诱了出来。海鳗从石头缝里游出来时足有八英尺长，还是亮绿色的。”

女人打了个冷颤，“我不喜欢海鳗。”

“害怕的话就跳过吧。”

女人笑了笑，“这里的饮食怎么样？我还没吃东西呢。”

“可以去尝尝巧克力蛋糕。”

“早餐吗？”

“对呀。如果你要求的话，他们还可以上门服务。”

“谢谢你告诉我。你是一个人旅行的吗？”

“哦，我这就要走了。”朱尔说，她感觉到谈话正在朝着越来越私密的方向发展，“拜拜。”她朝门口走去。

“我老爹病得很重。”女人对朱尔的背影说，“我已经照顾他很久了。”

受到同情心刺激的朱尔停下脚步，转过了身。

“每天早上，还有每晚下班之后，我都要去照顾他。”女人继续道，“最近他的病情终于稳定了，我想逃走都想疯了，根本没管价钱。我在这儿扔了一大笔钱，不该扔的钱都扔了。”

“你父亲是什么病？”

“MS。”女人说，“多发性硬化症？还有痴呆。他以前是我们家的顶梁柱。说一不二，还犟得很。现在只剩下一副扭曲的身体躺在床上。有一半的时间他都不知道自己是在哪儿。他就，好比说，会问我是不是女招待。”

“哇哦。”

“我很害怕会失去他，可同时又讨厌跟他在一起。一旦他去世了，我就会孤身一人，你知道吗，我敢说到时候自己一定会后悔离开他出来进行这趟旅行的。”女人停下脚步，两脚跨立在跑步机两侧。她用手背揉了揉眼睛，“对不起，说的有点多了。”

“没事。”

“你去吧。洗个澡什么的。也许一会儿还能在附近见到你。”

女人卷起长袖衬衫的袖子，看了看跑步机面板上的读数。她的右前臂上有一道疤，边缘参差不齐，好像是刀伤，不像手术的疤痕那么整齐。这里面肯定有故事。

“呃，你爱玩问答游戏吗？”朱尔问，这个问题违背了她所有的日常判断。

女人笑了笑，露出了洁白但有些参差的牙齿，“我对问答游戏挺在行的其实。”

“每隔一天的晚上楼下休息室里都会组织游戏。”朱尔说，“挺扯淡的，你要去吗？”

“怎么个扯淡法？”

“好玩的那种扯淡。又蠢又闹腾。”

“OK，嗯，好吧。”

“好。”朱尔说，“我们去灭了他们。你会很庆幸自己这次旅行的。

我对超级英雄、间谍片、油管达人、健身、钞票、化妆品还有维多利亚时代的作家很在行，你呢？”

“维多利亚时代的作家？狄更斯那种吗？”

“嗯，类似的。”朱尔感觉自己脸上热乎乎的。忽然间，这个爱好听起来似乎有点奇怪。

“我爱狄更斯。”

“别扯了。”

“真的。”女人又笑了笑，“狄更斯我也很在行，还有烹饪，时事，政治……我想想，哦，还有猫。”

“那就好。”朱尔说，“晚上八点，大堂边的休息室。有沙发的酒吧。”

“八点。说好了。”女人走过来伸出手，“你说你叫什么名字来着？我叫诺雅。”

朱尔摇摇头，“我之前没跟你说过。”她说，“我叫伊莫金。”

* * *

朱尔·韦斯特·威廉姆斯拥有一副算是好看的外表。几乎从没有人用丑这个字形容过她，不过通常也没人用辣这个字。她的个头不高，只有五英尺一[1]，平时总是翘着下巴。她留着一头男孩子似的俏皮短发，在美容院里挑染过的金发最近也露出了深色的发根。她有着绿色的眼睛、白色的皮肤，上面点缀着浅浅的雀斑。她的绝大多数衣服都显不出她的

[1] 约合 1.55 米。

身段和力量。朱尔有肌肉，她的肌肉能在骨骼上膨胀出一道道充满力量的曲线——让她本人看起来就好像是漫画家画出来的角色一样，尤其是腿部。腹部的那层脂肪下，也有一层结实坚硬的腹肌。她喜欢吃肉吃盐，巧克力和油脂也来者不拒。

朱尔相信，锻炼中挥洒的汗水越多，战斗中流掉的血就越少。

她相信，避免伤心的最佳方案就是当自己没有心。

她相信，说话的方式通常比要说的内容更重要。

动作片、重量训练、化妆、死记硬背、平权，这些也都是她相信的东西，她还相信油管能教给你几百万种校园绝不会教给你的东西。

如果信任你，朱尔会告诉你，她在斯坦福上过一年，拿的是田径奖学金。“我被招进田径队了。”她会向喜欢的人解释，“斯坦福可是甲级联赛院校。他们给我钱付学费、买书本，诸如此类的。”

后来怎么了？

朱尔会耸耸肩，说：“我本来想学习维多利亚时代的文学和社会学的，不过主教练就是个变态狂。”她会说，“所有女孩子都被他摸遍了。等他找上我时，我一脚踢中他的要害，然后把这事告诉了所有可能会听的人。教授，学生，斯坦福日报。我还朝那该死的象牙塔顶端喊话，不过你们也知道运动员说教练的坏话会是什么下场。”

这时，她会把双手搅成一团，低垂眼睑，“队里的其他女孩子都否认了。”她会说，“她们说我撒谎，说那个性变态从没摸过任何人。她们不想让自己的父母知道，害怕会丢掉奖学金。所以就这样了。教练继续执教，我则退队了，这也意味着我不能再获得财务上的支持。我这个全优辍学生就是这么来的。”

走出健身房，朱尔又在格兰德海滩的游泳池里游了一英里，然后将那天早上剩余的时光都花在了自己的通常项目上：坐在商务休息室，看西班牙语宣传片。她还穿着自己的泳衣，不过换上了她那双海绿色的跑鞋。之前，她已经擦上了亮粉色的唇彩，画好了银色的眼线。那泳衣是青铜色的单件，胸部装有束箍，收束效果显著，整套装扮非常有漫威宇宙角色的风采。

休息室里有空调，不过里面一个人都没有。朱尔抱起双腿，戴上耳机，端了杯健怡可乐。

看过两个小时的西班牙语节目后，她吃了一根士力架作为午餐，然后又看起了音乐短片。借着咖啡因的刺激，她在空荡荡的休息室里翩翩起舞，对着成排的旋转椅放声歌唱。今天过得真是充实。她喜欢那个从卧病在床的父亲身边逃离的女人，喜欢她那有意思的疤痕，喜欢她对书的独特品味。

她们在问答游戏里会所向披靡的。

朱尔又喝了一杯健怡可乐。她再次查看了一遍自己的妆容，然后对着休息室窗户上反射出的自己摆了个自由搏击的造型。看着自己的样子，她大笑了起来，因为那样子既经典又愚蠢。与此同时，她的耳中响起了脉动的节拍。

* * *

泳池酒吧侍应多诺万是本地人。他的骨架粗大，但人长得不结实。他有一头油滑的头发，还总喜欢用眼色来示意顾客。他说的英语带有当地特别的巴哈口音，不过他记得朱尔喜欢的饮料：健怡可乐加香草糖浆。

有些时候的下午，多诺万会问朱尔她在伦敦长大的情况。朱尔会和他练习西班牙语，他们俩会一边聊天，一边观看挂在吧台上方的屏幕上播放的电影。

今天，下午三点钟的时候，朱尔坐在角落的凳子上，仍然穿着她的泳装。多诺万则穿着格兰德海滩的白色西装外套和 T 恤，新剃的头发在脖颈处刚刚长出发茬。“这是什么电影？”朱尔抬着头看着电视问道。

“《绿巨人》。”

“哪部《绿巨人》？”

“不知道。”

“DVD 是你放进去的，你怎么会不知道？”

“我都不知道有两部《绿巨人》。”

“是三部。等一下，我更正一下。是很多部。如果算上电视、卡通之类形式的节目的话。”

“我不知道是哪部《绿巨人》，威廉姆斯女士。”

电影还在继续。多诺万洗干净玻璃杯，擦干净吧台。他刚为一位女士调了杯苏格兰威士忌和苏打水，那位女士拿到泳池另一头去了。

“这可是排名第二的《绿巨人》。”等多诺万又闲下来后，朱尔说，“苏格兰威士忌用西班牙语怎么说？”

“Escocés。”

“Escocés。品质好的要点哪种？”

“你又不喝。”

“万一呢。”

“麦卡伦威士忌。”多诺万耸耸肩，说，“要给你倒点尝尝吗？”

他拿出五个一口杯，每个倒满一种不同品牌的高档苏格兰威士忌。他向朱尔解释了苏格兰威士忌和普通威士忌的区别，以及为什么应该点前者而不是后者。朱尔每一款都尝了一小口，并没有多喝。

“这款闻起来像腋窝。”她对多诺万说。

“你真是疯了。”

“这款闻着像打火机油。”

多诺万俯身闻了闻那个一口杯，“是有点。”

朱尔又指了指第三杯，“狗尿，还是条非常愤怒的狗的尿。”

多诺万笑了起来，“那剩下这两个闻上去是什么味道？”他问。

“干掉的血液。”朱尔说，“清理浴室用的那种粉末，对，洁厕粉。”

“你最喜欢哪一款？”

“干血。”朱尔用手指沾了点酒又尝了尝，“告诉我这款酒叫什么？”

“这就是麦卡伦威士忌。”多诺万洗干净酒杯，“哦，有件事忘了说了：有个女人之前问到过你。可能也不是你，只是她搞错了。”

“什么女人？”

“一位墨西哥裔的太太，说的是西班牙语。她在找一个金色短发独自旅行的美国女孩儿。”多诺万说，“她说有雀斑。”多诺万摸了摸自己的脸，“在女孩儿的鼻子两侧。”

“你跟她怎么说的？”

“我说这个度假村规模很大，很多美国人来。我不知道谁是独自一人谁是有伴的。”

“我也不是美国人。”朱尔说。

“我知道。我告诉她我知道的人里没有哪个符合她的描述。”

“你就是这么说的？”

“对。”

“可你还是想到了我。”

多诺万意味深长地看着朱尔，仿佛过了好久之后才又开口道，“我是想到了你。我又不傻，威廉姆斯女士。”

* * *

诺雅知道她是美国人。

也就是说，诺雅是个条子。或者类似的角色。肯定是。

是她用那些话术给朱尔下了套。什么卧病在床的父亲，什么狄更斯，什么成为孤儿之类的。诺雅很清楚什么时候该说什么。她刚一放出诱饵——“我老爹病得很重”——朱尔就如饥似渴地咬了上去。

朱尔感觉自己的脸烧乎乎的。她孤独、脆弱，而且还蠢得要死，居然掉入了诺雅的圈套。这一切都是套路，就为了让朱尔能把诺雅看作是知己，而不是对手。

朱尔走回自己的房间，一路上尽量摆出放松的姿态。一进屋，她就从保险箱里取出了所有值钱的东西，穿上牛仔裤、靴子和 T 恤，并尽可能地往她最小的行李箱里塞满衣服。其他的就不要了。她在床上放了一百美元，那是给格洛丽亚的小费，有时候她会和这个女仆聊聊。她拉着行李箱来到大厅，将箱子塞进了制冰机旁的空隙。

回到泳池酒吧，朱尔告诉了多诺万箱子的位置，并将一张二十美元的钞票推过吧台。

帮个忙。

她又推过去一张二十美元，然后说明了具体要做的事。

* * *

员工停车场内，朱尔环顾四周，找到了酒吧侍应的那辆蓝色小轿车，车门没锁。她进到车里，躺在后排地板上。车厢里散落着空塑料袋和咖啡杯。

还要等一个小时才到多诺万在酒吧的换班时间。运气好的话，直到发觉朱尔在问答游戏之夜已经严重迟到之前——那应该到八点半左右了——诺雅根本不会意识到发生了什么。而在想到员工车辆之前，她肯定还会先调查机场航班和出租汽车公司的记录。

车里很热，空气也不流通。朱尔伸长耳朵，等待着脚步声。

她缩起肩膀，感觉很渴。

多诺万会帮她的，是吧？

他会的。他已经替她打过一次掩护。他告诉诺雅认识的人里没有谁符合描述。他提前警告了朱尔，许诺会帮她拿箱子，还会送她一程。再说她还付了钱。

而且，多诺万和朱尔是朋友。

朱尔活动了一下膝盖，一次伸直一条腿，然后又钻回座椅后的空间。

她想了想自己的穿着，然后拿掉了耳环和玉戒，装进了牛仔裤兜里。她强迫自己平缓呼吸。

终于，行李箱滚轮的声音传了过来。然后是车门的开合声。多诺万上了车，发动引擎，驶离了停车场。车辆在行驶，朱尔一直躺在地板上，路上的路灯不多，广播里放的是墨西哥流行音乐。

“你想去哪儿？”多诺万终于开口问道。

“城里随便什么地方都行。”

“那我就开回家了。”他的声音听上去忽然变得像食肉动物一样。

该死的。上他的车是个错误吗？多诺万也是那种人？以为女孩子要男孩帮忙就得先献身才行？

“把我放到你家的路上吧。”朱尔冷冷地说，“我会照顾好自己的。”

“你可别这么说。”多诺万说，“我这不也是在为你费心尽力嘛。”

* * *

想象一下：一座甜美的小屋，坐落在阿拉巴马某个小镇的城郊。一天晚上，八岁的朱尔忽然醒了过来。是听到什么声音了吗？

她不确定。屋子里很安静。

她走下楼梯，身上穿着薄薄的粉色睡衣。

底层，恐惧如冰锋般穿过了她的身体。起居室里一片狼藉，书籍、纸张散落得到处都是。办公室里的情况更糟。文件柜被翻倒在地。电脑都不见了。

“妈妈？爸爸？”小朱尔跑回楼上父母的卧室。

他们的床上没人。

这下朱尔真的被吓到了。她推开浴室门，里面没人。她又跑到室外。

庭院四周的树木若隐若现。小朱尔沿着步道跑了半天才意识到自己眼前看到的景象是什么，就在街灯灯光照亮的光圈里。

妈妈和爸爸正趴在草地上。他们的身体皱巴巴、软绵绵的。流出的血在身体下面形成了一个黑池。妈妈被一枪爆头，应该死得很快。爸爸显然也死了，不过朱尔只看到他的两只手臂上有一些伤口。爸爸蜷缩在妈妈身旁，仿佛在生命的最后一刻里想到的只有她。

朱尔跑回屋报警。电话线被切断了。

她再次回到院内，想要说句祷词，至少，正式告别一下——可她父母的尸体已经消失了。杀手带走了尸体。

她没让自己哭出来。那晚剩下的时间，她都坐在街灯的光圈之下，任由黏稠的血液浸透她的睡衣。

接下来两周，小朱尔独自一人生活在那座被洗劫过的房子里。她很坚强，自己做饭，还整理剩下的纸片，寻找线索。读着文件中的信息，她渐渐拼贴起了一个混杂着英雄主义、权势和秘密身份的故事。

一天下午，她正在阁楼上查看旧照片，一个黑衣女子忽然出现在了屋里。

那女子大步上前，但小朱尔的反应更快。她抓起一把拆信刀扔了出去，动作又快又狠，但黑衣女子用左手接住了刀。小朱尔爬上一摞盒子，抓住阁楼的房梁，爬了上去。她跑过房梁，挤过顶窗，上到了屋顶上。恐惧重重地击打着她的胸腔。

黑衣女子紧追不舍。朱尔从屋顶跳上旁边一棵树的树枝，撇下一根树枝，拿尖利的那头作为武器。她把树枝含在嘴里，顺着树干爬了下去。她在草丛中奔跑，黑衣女子一枪射中了她的脚踝。

疼痛非常剧烈。小朱尔相信这是杀死她父母的杀手要来结果她了——不过那个黑衣女子帮她站了起来，然后处理了伤口。她取出子弹，并在伤处涂上了抗菌剂。

黑衣女子一边帮她包扎，一边解释说自己是个猎头，过去两周一直在观察。朱尔的父母很杰出，而她自己也不仅仅是两个被害人的后代，她的求生意识和本能异乎寻常地强。黑衣女子说她想要训练朱尔，帮她复仇。而且因为她也算是个很长时间没联系过的远亲，所以她知道很多秘密，那些朱尔的父母还没有告诉这位他们所宠爱的独生女的秘密。

接下来就是一段异乎寻常的教育。朱尔去了一所专门院校，那所学校坐落在纽约市一条很普通的大街上一幢翻新过的庄园里。她学习了监控技术，学会了后空翻，掌握了逃脱手铐和拘束衣的方法。她会穿皮裤，并在口袋里装满小工具。有些课程讲授的是外国的语言、社会习俗、文学和艺术，另一些课程讲授枪支的使用、伪装外形、变化口音以及伪造证件，还有些讲授法律的精妙之处。这段教育历时十年。等到毕业时，朱尔已经变成了一个成熟女性，对任何一个人来说，低估她都将是个巨大的错误。

这就是朱尔·韦斯特·威廉姆斯原本的故事。等到住进格兰德海滩度假村时，朱尔觉得这个故事比她介绍自己时可能会讲的其他故事都要好得多。

* * *

多诺万停下车，打开侧门。车内的灯光亮了起来。

“我们到哪儿了？”朱尔问。外面一片漆黑。

“圣何塞德尔卡波。”

“你住这里？”

“还有段距离。”

朱尔松了口气，不过外面看起来很黑。不应该有路灯和商户吗？给旺季的游人照亮？“周围有人吗？”她问。

“我把车停在了巷子里，这样就不会有人看到你从我车里出来了。”

朱尔爬了出来。她感觉浑身僵硬，脸上似乎也蹭到了油渍。巷子里排着一排垃圾桶。只有二楼几扇窗户里射出的灯光为她照亮。“谢谢你送我。把后备箱也打开吧？”

“你说过把你送到城里后给我一百美元的。”

“当然。”朱尔掏出后裤兜中的钱包付了钱。

“不过现在涨价了。”多诺万说。

“什么？”

“还得再付三百。”

“我以为我们是朋友。”

多诺万上前一步，“我给你调酒，因为那是我的工作。我假装喜欢跟你说话，因为那是我的工作。你以为我没看出你有多看轻我吗？排名第二的《绿巨人》。苏格兰威士忌的种类。我们可不是朋友，威廉姆斯女士。有一半的时间你都在对我说谎，而我对你一句真话都没说过。”朱尔能闻到他衬衫上酒渍的气味。他的呼吸直喷在她脸上，热乎乎的。

朱尔是真的相信多诺万喜欢自己。他们分享笑话，他还给她免费薯片吃。“哇哦。”朱尔轻声说。

“再付三百。”多诺万说。

他就是个想从带了不少美元的女孩子身上敲出一笔的小混混？还是说是个下流坯子，以为她会为不出那多出来的三百块而让他摸个够？还是说他已经让诺雅给买通了？

朱尔把钱包塞回后袋，调整包带，将背包转到胸口。“多诺万？”她上前一步，靠近，睁大眼睛盯着对方。

朱尔猛地一抬右前臂，打得多诺万脑袋向后一仰，然后一拳击中他的腹股沟。多诺万弯下腰，朱尔抓住他那油滑的头发，把他的头拽得仰了起来。她扭转多诺万的身体，想要迫使多诺万失去平衡。

多诺万用手肘击中了朱尔的胸口。这下很疼，不过朱尔侧滑一步躲开了第二击。她抓住多诺万的手肘，掰到了多诺万的背后。多诺万的手臂软兮兮的，让朱尔感觉怪恶心的。她扣紧多诺万的手臂，用另一只手从多诺万那攥紧着的手指中抠出了她的一百美元。

朱尔把钱装进牛仔裤口袋，使劲撇住多诺万的手肘，伸手拍了拍他的口袋，想找他的手机。

不在。那就看看后裤兜。

找到后，她将手机塞进了自己的胸罩，因为实在没有什么其他地方可用。这样，多诺万就没办法给诺雅打电话告知她的位置，不过车钥匙还在多诺万的左手里。

多诺万一脚踢在了朱尔的小腿外侧，朱尔挥拳击中多诺万的颈部，多诺万向前踉跄了几步。朱尔使劲一推，多诺万倒在了地上。他还挣扎着想要站起来，但朱尔抓起旁边垃圾桶的金属桶盖在他脑袋上来了两下，多诺万终于倒在了成堆的垃圾袋上，鲜血从他的额头上和一只眼睛里流了出来。

朱尔后退到他够不到的地方，手里还拿着垃圾桶盖，“钥匙交出来。”

多诺万一边呻吟，一边伸出左手，将钥匙扔在了距离自己身体几英寸远的地面上。

朱尔捡起钥匙，打开后备箱。她取出自己的行李箱，趁多诺万还没能站起来就沿路大步冲了出去。

* * *

刚一走上圣何塞德尔卡波的主路，她就放慢脚步，查看了一下自己的穿着。看起来还算干净。她慢慢地擦了擦手，又不慌不忙地抹了抹脸，以防万一有什么东西——尘土，口水或血迹什么的还在上面。她从包里取出粉盒，边走边查看了一下妆容，同时用粉盒的小镜子观察身后的情况。

后面没有人跟踪。

她涂了点哑光粉色的唇膏，关上粉盒，进一步放慢了脚步。

不能让别人产生她在逃跑的感觉。

周围的空气是温暖的，音乐的轰鸣声从各个酒吧中喷涌而出。每个酒吧前都聚集着不少游人——白人、黑人、墨西哥人，全都喝得醉醺醺的，大声喧哗着。庸俗的度假客们。朱尔将多诺万的钥匙和手机扔进一个垃圾桶。她想找辆的士，或者超级卡波斯的巴士，不过周围一辆都看不到。

那好吧。

她得先找个地方藏起来，换个装，以防万一多诺万又追来。如果多诺万是为诺雅工作的话，十有八九会再追上来。或者他还想报一箭之仇也说不定。

现在，想象一下你自己，在电影里。你在向前走，阴影不断从你那光滑的皮肤上划过。瘀青在衣服里的皮肤上形成，但你的发型完美。你带着装备，轻薄的金属片可以使出高超的攻击技艺。你还带了毒药和解毒剂。

你是故事的核心。只有你，独一无二。你有有趣的原创故事，不同寻常的教育经历。现在的你，冷酷无情，聪明伶俐，可以说是无所畏惧。身后的歼敌计数还在不断上升，因为为了活下去，你会无所不用其极——不过这也仅仅是日常工作，仅此而已。

墨西哥酒吧窗户灯光下的你光彩照人。激战过后，你的脸颊一片潮红。哦，还有，你的着装也非常可人。

对，你确实很暴力，甚至也很残忍。但那只是工作，而且你干得得心应手，这就更显得性感了。

朱尔看过一大堆电影，知道在这种片子里女性很少能成为主角。相反，她们要么是花瓶，要么是小蜜，要么是被害人，要么是被人“惦记”的对象。绝大多数情况下，她们存在的目的就是帮助又白又直的伟大男主完成所谓的史诗旅程。即使有女主，女主的戏份也很少，穿的则更少，而且还得做过牙齿矫正才行。

朱尔知道自己一看就不是那种类型的女人，而且永远也变不成那种类型的女人。但那些男主该有的品质她都有，某种程度上说，他们没有的品质她也有。

对此她也一清二楚。

走到卡波的第三家酒吧门口时，她躲了进去。酒吧内摆设着野餐桌，墙上还挂着各种鱼的标本。里面的客人主要是美国人，经过一天的竞技垂钓后正喝得烂醉。朱尔迅速穿过人群来到酒吧深处，在回头看了一眼确认没人注意后，钻进了男洗手间。

里面没有人，她躲进一间隔间。多诺万是绝不会想到来这里找她的。

洗手间里的马桶圈湿漉漉的，上面还有黄色的污渍。朱尔在行李箱里翻了半天才找到一顶黑色假发——带刘海的顺滑直发发型。她戴上假发，擦掉口红换上一个更深的颜色，朝鼻子上扑了点粉，最后又在白色 T 恤外面套了一件黑色棉质开衫。

一个男人走进洗手间小便。朱尔一动不动地站在隔间内，很高兴自己穿的是牛仔裤和黑色的厚靴。透过隔间底部隔断的缝隙，只能看到她的双脚和行李箱的底边。

又进来一个人，那人进入了她旁边的隔间。朱尔看了看他的鞋子。

是多诺万。

隔断底下露出的正是他那双白色的卡骆驰，还有那护工似的格兰德海滩工装裤。朱尔感觉血液都冲进了自己的耳朵里。

她轻轻从地上提起行李箱，悬在半空，好不让对方看到，然后一动不动地等着。

多诺万冲了马桶，朱尔听到他走到水池边，打开了水龙头。

又一个人走了进来。“能借用一下你的手机吗？”多诺万用英语问，“就打个电话，很快的。”

“被人揍了啊，伙计？”说话的人是美国口音，应该是加州人，“看上去真够受的。”

“我没事。”多诺万说，“就需要打个电话。”

“我在这边没开通通话，只能发短信。”那人说，“我得去找我哥们了。”

“我不会偷你的手机。”多诺万说，“只需要——”

“我说了不行，没听到吗？不过我希望你没事，伙计。”那人走了出去，根本没来得及上厕所。

多诺万借电话是因为没有车钥匙需要搭车？还是想要打给诺雅？

他呼吸沉重，似乎很痛苦，水龙头也没再开。

他终于离开了。

朱尔放下行李箱。她甩了甩手，好促进血液循环，然后在背后舒展了一下手臂。她在隔间里数了数钱，比索和美元都数了一下，最后又在粉盒的镜子上查看了下假发的佩戴。

等到确信多诺万已经走远后，朱尔走出了男洗手间，径直来到大街上。她的动作很自信，仿佛这根本没什么大不了的。她穿过欢闹的人群来到街角，发现这次自己很幸运。一辆出租车开了过来。她跳上车，告诉司机送她去大索尔玛，那是格兰德海滩旁边的另一个度假地。

到达大索尔玛后，她很容易就又叫到了一辆出租车。这次她让司机带她去一家便宜的、本地人在镇上开的店，司机把她送到了卡波旅馆。

这家店落差巨大。廉价的墙壁，脏兮兮的油漆，塑料的家具，柜台上摆的花也是塑料的。朱尔用假名办理了入住，并用比索付了账。前台的办事员根本没有问她要证件。

楼上的房间里，朱尔用小咖啡机做了一杯无咖啡因咖啡，放了三份糖，然后在床边坐下。

有必要这样逃吗？

没有。

有。

没有。

没人知道她在哪儿。地球上一个人都没有。这个事实本该让她感到高兴才对。毕竟，她本来就想要消失。

可她感觉害怕。

她想念保罗，想念伊莫金。

真希望能够改变已经发生的一切。

如果能够回到过去，朱尔觉得，她一定会变成一个更好的人。或者说是一个不一样的人。她会活得更像她自己。或者更不像她自己。她也不知道应该是哪个，因为她已经不知道原本的自己是什么样子了。她甚至不知道还有没有真正的朱尔存在，也许存在的只是一系列她为不同场景所准备的不同自我。

是不是每个人都是这样，没有真正的自我？

还是只有朱尔是这样？

她不知道自己会不会喜欢自己那错位、纠结的内心。她希望有人能代替她这么做，见证那颗在她胸膛内跳动的心，并说，我看到你真正的自我了。就在那里，非常稀有，非常珍贵，我喜欢你。

错位而纠结，没有特定的形状，生活已经展现在眼前，但却没有自我，这得多阴暗，多愚蠢。朱尔有很多别人罕有的天赋。她工作勤奋，能力过人。这些她都知道。

可为什么她会觉得自己一无是处呢？

她想打电话给伊莫金。她真希望自己此刻能够听到小伊那低沉的笑声和一讲起八卦就停不下来的长句子。她希望自己能对伊莫金说，我很怕。小伊肯定会对她说，可是你很勇敢啊，朱尔。你是我认识的人里最勇敢的了。

她真希望保罗此刻能来到她的身边，用双臂搂住她，告诉她她是个出类拔萃的人，就像他某次曾经说过的那样。

她想要有个人无条件地爱她，原谅她所做的任何事。或者有个人已经知道了她的所有事，并因此而爱上她，这样更好。

不管是保罗还是小伊都不满足这个条件。

不过，朱尔还是记得保罗的嘴唇压在她的嘴唇上时的感觉，她也记得小伊的茉莉香水的气味。

* * *

朱尔戴着黑色假发走下楼梯，来到卡波旅馆的商务办公室。她已经想好了策略。晚上的这个时间，办公室并没有开，不过她给了前台办事员小费，让他帮忙开了门。她用办公室的电脑预定了一张第二天一早圣何塞德尔卡波飞洛杉矶的机票。她用的是自己的名字，并刷了自己最常用的那张信用卡，和她在格兰德海滩度假村用的是同一张。

然后，她又问了办事员在哪里可以用现金买车。办事员说，等到早上之后，有个后院贩子可以卖给她点东西，如果她用美元的话。办事员给她写下了地址，就在合作农场外的奥尔蒂斯，他说。

诺雅会跟踪信用卡交易，她肯定会，不然也不会找到朱尔。这下，这位侦探应该会顺着最新一笔交易追到洛杉矶去。而朱尔则会用现金买一辆车一路开到坎昆。到达坎昆后，她会转道前往位于波多黎各的库莱布拉岛，那里有无数从不拿自己的护照示人的美国人。

朱尔谢过提供车贩信息的办事员。“我们说过的事你不会记在心里的，对吗？”说着，她又把一张二十美元推过前台。

“可能不会。”办事员说。

“一定不会的。”她又加了五十。

“我从没见过你。”办事员说。

* * *

这晚朱尔睡得不好，甚至还不如平常。不是梦到溺死在绿松石色的水中，就是梦到野猫在她熟睡的身体上漫步，再不然就是梦到被蛇给勒死。朱尔是在尖叫声中醒来的。

她喝了些水，洗了个冷水澡。

再次睡着后又在尖叫声中醒来。

清晨五点，她跌跌撞撞地来到浴室，洗了把脸，画上了眼线。为什么不呢？她喜欢化妆，而且又有那个时间。她抹上遮瑕霜，打上粉底，画上烟熏妆，然后涂上了睫毛膏和散发着黑色光泽的唇彩。

她抹了点发胶，穿好衣服。黑色的牛仔裤，还有靴子，搭配深色T恤。

对于墨西哥温暖的天气来说太暖和了点，不过却很实用。她打包好行李，喝了一瓶水，走下楼梯。

诺雅正坐在大厅，背靠后墙，双手抱着一杯热气腾腾的咖啡。

等着她。

17

2017 年 4 月末

伦敦

七周前，四月末的时候，朱尔在伦敦城郊的一家青年旅社中醒来。那里的每间客房里都有八张床：床垫很薄，上面盖着很普通的白床单，再上面放着睡袋。墙边堆满了背包。空气中弥漫着淡淡的狐臭和麝香味。

朱尔头天晚上是穿着运动服入睡的。她轻手轻脚地下床，系好鞋带，穿过郊区，路过清晨的微光中还没开门的酒吧和肉铺，跑了八英里。回来时，她又在旅社的公共休息室做了平板、弓步蹲、俯卧撑和深蹲。

赶在室友们起床洗热水澡之前，朱尔就洗完了澡。她又爬上上层的床铺，拆了一根士力架。

卧室的光线仍然很暗。她打开那本《我们共同的朋友》，借着手机的照明读了几页。那是一本维多利亚时代的小说，很厚，讲了一个孤儿的故事，作者是查尔斯·狄更斯。书是她的朋友伊莫金送给她的。

伊莫金·索科洛夫是朱尔最好的朋友。她最喜欢的书都是讲孤儿的。小伊自己也是孤儿，她生在明尼苏达，妈妈生她时只有十几岁，而且在她两岁的时候就过世了。之后，她被一对居住在纽约上东区高级公寓的夫妇收养。

帕蒂和吉尔·索科洛夫那时候还不到四十。他们怀不上孩子，而吉尔一直以来从事的法律工作就包括为领养系统内的孩子提供法律援助。他很信任整个领养系统。所以在等候名单上等待了几年新生儿后，索科洛夫夫妇就决定，要对领养一个年龄更大的孩子也持开放的态度。

他们迅速爱上了两岁大的伊莫金那肉嘟嘟的小胳膊和皱巴巴的小鼻子。他们把她接回了家，给她改名伊莫金，并将她的旧名字扔进了文件柜。他们给她拍照，逗她笑。帕蒂还给她做黄油奶酪通心粉。小伊五岁的时候，索科洛夫夫妇送她去了绿石楠，那是一家位于曼哈顿的私立学校。在那里，她穿着白绿相间的校服，还学习说法语。周末的时候，小伊会玩乐高，烤蛋糕，去美国自然历史博物馆，她最喜欢那里的爬行动物骨骼标本了。所有的犹太节日她都过，长大后，她还在北部森林举行了一场非正式的成人礼。

整个成人礼的情况非常复杂。帕蒂的母亲和吉尔的父母并不觉得伊莫金是犹太人，因为她的生母并不是。于是他们千方百计地施加正式影响，想要将仪式推迟至少一年，但帕蒂直接退出了家族的犹太会堂，加入了一个世俗化的犹太社区，那个社区通常在山上的静修所举行仪式。

经过这一番折腾，十三岁的伊莫金·索科洛夫比以往任何时候都更加清楚地认识到了自己孤儿的身份，并对阅读那些日后将会成为她内心生活试金石的故事产生了兴趣。最先进入视野的是学校要求阅读的那些书中和孤儿有关的内容。那些书本来就不少。“我喜欢那些书里的衣服、布丁还有马车。”小伊告诉朱尔。

上一年六月时，她们俩还一起住在小伊在玛莎葡萄园岛租住的一所房子里。那天，二人开车前往一家可以自己采花的农家乐。“一开始我喜欢《小海蒂》，还有天知道什么垃圾玩意儿。”小伊告诉朱尔。她正拿着一把剪刀，弯腰面对着一丛大丽花。“不过没过多久，那些书就让我想吐了。女主角总是那么欢乐开朗。她们简直就是自我牺牲的女性典范。就好比，‘我就要饿死了！给，把我最后一块烤面包也吃了吧！’‘我走不了了，瘫痪了，不过生活还是充满了阳光的，好开心好开心！’《小公主》，还有《波莉安娜》，跟你说啊，里面贩卖的全都是丑陋的谎言。一旦意识到这一点，我跟那些书的缘分就算尽了。”

弄完自己的花束后，小伊站起身坐在了木篱笆上。朱尔还在继续采花。

“高中的时候我读过《简爱》《名利场》还有《远大前程》那些。”小伊继续道，“那些书里全都是，呃，全都是些易怒的孤儿。”

“就是你给我的那些书吧。”朱尔忽然明白了过来。

“对啊，比方说，《名利场》里面，蓓姬·夏普就是台野心机器，做起事来肆无忌惮。简·爱喜欢乱发脾气说炸就炸。《远大前程》里的皮普自欺欺人不说，还是个财迷。他们都想要更好的生活并为之而奋斗，但他们在道德上都存在瑕疵，这才是让他们变得有趣的地方。”

“我已经喜欢上他们了。”朱尔说。

小伊分析这些人物的论文让她进入了瓦萨学院。不过她也承认，除此之外她对学习并没有什么兴趣。她不喜欢别人告诉她该干什么。教授们让她去读希腊经典文学，她就没读。她的朋友布鲁克告诉她苏珊·柯林斯的书不错，她也没有理会。等到母亲对她说要加紧努力学习的时候，她干脆直接退了学。

压力当然不是她从瓦萨学院退学的唯一原因。当时的情况非常复杂。不过帕蒂·索科洛夫那过强的控制欲绝对是一个不可或缺的因素。

“我妈相信美国梦。”伊莫金说，“她也想让我相信。她的父母出生在白俄罗斯。他们全心全意地相信这一套。你知道吗，就是‘在美利坚合众国，人人都有机会登上巅峰’那套。你的起点在哪里都无所谓，总有一天，你会掌管这个国家，变富，拥有自己的庄园。是吧？”

这次对话发生在玛莎葡萄园岛的那个夏天稍晚的时候。那时候朱尔和小伊正在摩夏海滩，坐在一张大大的棉毯子上。

“确实是个美梦。”说着，朱尔将一片薯片塞进嘴里。

“我爸家也信这一套。”小伊继续道，“他的爷爷奶奶是从波兰来的，住的也是以前那种大杂院。他父亲干得不错，开了家熟食店。我爸应该更进一步，成为家里第一个大学生，而他也确实做到了。他成了个，嗯，大律师。他的父母对此非常自豪。对他们来说这一切很简单：离开古老的祖国，重塑你的人生。就算你还没有实现美国梦，你的子孙也会为你实现的。”

朱尔喜欢听小伊说话。她还从没见过哪个人说起话来这么无拘无束。小伊的话并没有什么固定的主题，但其中却并不缺乏深刻的洞见。她说话时似乎并不会字斟句酌，就是想到哪儿说到哪儿，那延绵不绝的话语让她显得总是在质疑，总是需要被人倾听。

“希望的乐土。”这次开口的是朱尔，她想看看小伊会将话题引向何方。

“他们是这样相信的，不过我并不觉得这是真的。”小伊回答，“比方说，你看看新闻，不用半个小时你就会明白，还是白人机会更多。还有那些会说英语的。”

“以及你这种口音的。”

“东海岸口音？”小伊说，“嗯，我想也是吧。还有不能是残疾人。哦，还得是男人！男人，男人，男人！他们在美利坚合众国昂首阔步，就好像这是间大蛋糕店，而所有的蛋糕都是他们的。你觉得呢？”

“我的蛋糕可不给他们。”朱尔说，“那该死的蛋糕可是我的，我得自己吃。”

“对，保护好你的蛋糕。”小伊说，“你有一块巧克力蛋糕，铺着巧克力糖霜，呃，比方说，五层吧。但我呢，问题在于——就算你说我傻，可我根本不想要蛋糕啊。说不定我根本就不饿呢。我就是想要这样，就这样享受眼前的一切。我知道这很奢侈，大概我也太混，根本不配享受这种奢侈，不过有时候我也想，我该欣赏这一切，这些人！我还在这海滩上，并不觉得自己应该要去奋斗些什么。我应该为此而感恩。”

“我觉得你对美国梦的理解不对。”朱尔说。

“是吗，我不觉得。为什么这么说？”

“美国梦应当是成为动作英雄。”

“你说真的？”

“美国人喜欢打仗。”朱尔说，“我们总是想要改变规则，或者打破规则。我们喜欢自力救济。这都是我们所热衷的，不是吗？超级英雄，《飓风营救》系列电影那种的。我们喜欢进军狂野西部，掠夺原住民手里的土地。杀戮所谓的坏人，与体制作斗争。这才是美国梦。”

“这话你跟我妈说去。”小伊说，“你就说，你好！小伊长大后不想当公司首脑，她想当个民团警官。然后看看会发生什么。”

“我会和她谈谈的。”

“很好，这样所有麻烦就都解决了。”小伊咯咯咯地笑着在毯子上翻了个身。她摘下太阳镜，说：“她对我总有些不切实际的想法。比方说，我还是小孩子的时候，她就觉得我必须得有几个也是被收养的朋友，可我没有觉得孤单寂寞或者怎么样啊，也没觉得自己有什么跟别人不同的呀。但是那时候，她张嘴闭嘴都是，小伊好着呢，小伊不需要那个，我们和其他家庭没什么不一样的！结果五百年后，在我九年级的时候，她在杂志上读到一篇关于收养的文章，然后就决定我得和一个叫朱莉的女孩子做朋友，那女孩儿那会儿刚转到绿石楠还没多久呢。”

朱尔想了起来，就是她在生日聚会上遇到的那个女孩儿，美国芭蕾舞剧院的那个。

“我妈总幻想着我们俩成为好闺密。我努力了，可那丫头一点都不喜欢我。”小伊继续道，“她一头蓝头发。‘比汝等酷多了。’她笑话我撸流浪猫，笑话我读《小海蒂》，连我喜欢的音乐她都笑话。可我妈还是老给她老妈打电话，替我俩定行程。她们幻想中所谓的被收养的孩子之间的共同语言根本就不存在。”伊莫金叹了口气，“真是可悲。不过后来她搬到芝加哥去了，我妈只能放弃。”

“现在你有我了。”朱尔说。

小伊起身摸了摸朱尔的后颈，“我现在有你了，这明显降低了我的神经病指数。”

“神经病指数低是件好事。”

小伊打开冷藏箱，取出两瓶自制凉茶。每次来海边她都会准备饮品。朱尔并不喜欢漂在凉茶上的柠檬片，不过她还是喝了几口。

“你头发剪短了之后也挺好看的。”说着，小伊又摸了摸朱尔的脖子。

瓦萨学院的第一年寒假，伊莫金翻腾了吉尔·索科洛夫的文件柜，寻找自己的收养文件。文件并不难找。“可能我觉得看过那些文件之后就会对自己的身份有更深刻的认识吧。”她说，“比方说知道上面的那些名字后就能解释通为什么我在大学过得那么衰，或者让我产生一种以前从没有过的踏实感。但实际上并没有。”

那天，小伊和朱尔开车去了梅内沙，那是一个小渔村，距离小伊在葡萄园岛的房子不远。她们走上一座伸向海中的石头码头，海鸥在头顶上飞舞，海浪拍打着她们的脚面。小伊和朱尔差不多高，两个人坐在石头上，伸直双腿晒着太阳，四条抹了防晒霜的腿在阳光的照耀下闪闪发亮。

“嗯，一点屁用都没有。”伊莫金说，“上面根本没有我爹的名字。”

“那你的原名是什么？”

伊莫金的脸红了，好一会儿，她都用连帽衫的帽子遮着脸。她有两个深深的酒窝，牙齿也很整齐。她那剪得跟精灵一样的头发还做了漂白，更衬得她的耳朵小小的，其中一个耳朵上还打了三个孔。她的眉毛也拔过，修得细细长长的。

“我不想说。”她对朱尔说，声音是从兜帽的面料下传来的，“我都藏到帽子里了。”

“说吧，话头可是你起的。”

“我要说了你可不能笑。”小伊脱下兜帽看着朱尔说，“福瑞斯特就笑了，把我给气的。我两天都没跟他说话，后来他给我买了柠檬奶油巧克力道歉才算完事儿。”福瑞斯特是小伊的男朋友，和她们一起住在玛莎葡萄园岛的房子里。

“福瑞斯特需要学习一下礼貌。”朱尔说。

“他都没过脑子，直接就大笑出来了，事后又不好意思了半天。”每次说完福瑞斯特的坏话小伊都要再替他辩解。

“就把你的原名告诉我吧。”朱尔说，“我绝对不笑。”

“你保证？”

“我保证。”

小伊在朱尔的耳边低声道，“麦乐迪，姓培根。麦乐迪·培根[1]。”

“有中间名吗？”朱尔问。

“没。”

朱尔没有笑，嘴都没有咧一下。她用双臂搂着小伊，两个人一起看着海面的方向，“你觉得自己像个叫麦乐迪的吗？”

“不像。”小伊若有所思地说，“不过我也不觉得自己该叫伊莫金。”

眼前，两只海鸥刚刚落在距离她们不远的石头上。

“你妈妈是怎么死的？”朱尔终于问出了这个问题，“文件里有写吗？”

“看文件之前我就想出了个大概，不过里面确实有写。她吸冰过量。”

朱尔听懂了。她想象着朋友小时候的样子：一个不大的婴儿，裹着湿漉漉的尿布，在脏兮兮的被褥上爬行，而她的母亲就躺在那被褥之下，沉浸在毒品的自嗨之中。也有可能已经死了。

“我的右上臂上有两个疤。”小伊说，“搬到纽约生活前就有了。自打我有印象起那两个疤就在。我以前从没往深里想过，不过瓦萨学院的护士告诉我说那是烫伤的疤。用烟头之类的东西烫的。”

朱尔不知道该说什么。她想为幼年的小伊做点什么，不过帕蒂和吉尔·索科洛夫肯定已经都做过，很久之前就做过了。

[1] 麦乐迪（Melody）是“旋律”的意思，通常而言，用带有真实意义的单词做名字会被看作是一种随便不庄重的表现，因而在上流社会很少见。

“我父母也早就不在了。”她终于开口道。这是她第一次大声说出这个事实，尽管小伊早就知道她是由姨妈养大的。

“我猜到了。”小伊说，“不过我也知道你不想谈论这个问题。”

“确实不想。”朱尔说，“至少现在还不行。”她探出身子，与伊莫金分开，“我还不知道该怎么讲述这一切。这不……”她不知道该怎么说了。她没有小伊那种在絮絮叨叨中理清思路的能力，“怎么讲都没办法成型。”

确实如此。那时候，朱尔才刚刚开始构建那个后来为她所仰赖的原初故事，根本讲不出别的什么。

“没事啦。”伊莫金说。

她从背包中取出一大块牛奶巧克力，拆开半边包装纸，掰了一块给朱尔，一块给自己。朱尔靠回到石头上，享受着巧克力在口中融化的感觉和照在脸上的温暖阳光。小伊赶走了旁边乞食的海鸥，又咒骂了两句。

那时候，朱尔觉得自己完全理解伊莫金。她们两个人之间所有的一切都是相通的，并且将一直相通下去。

* * *

此刻，在青年旅社，朱尔放下了那本《我们共同的朋友》。泰晤士河里有一具尸体，故事是这样开始的。她并不想读这种内容——对溺死的尸体的描写。朱尔感觉度日如年，据说伊莫金·索科洛夫就在那同一条河里自杀了，口袋里塞满石头，跳下了威斯敏斯特桥，只在她的面包盒里留了一封遗书。

朱尔每天都会想起小伊，每个小时都会。她还记得小伊用双手或者兜帽遮住脸的样子，每次感觉难为情时小伊都会这样；高亢的泡泡糖似的嗓音；小伊转动手指上戒指的样子；她右上臂那两个香烟烫出的疤，以及手上被一锅热奶油芝士布朗尼烫出的疤；她用特大号重刀使劲快速切洋葱的样子，据说那是从一个烹饪节目上学的；她身上那股茉莉花般的味道，有时候又像加了奶油和糖霜的咖啡；她喷在头发上的柠檬香喷雾。

伊莫金·索科洛夫就是老师们眼里那种永远都不会使出全力的姑娘，那种学习马马虎虎，但却会在自己最喜欢的书里贴满注释贴的姑娘。小伊拒绝为了所谓的伟大目标而奋斗，也不愿为别人认为的那种成功而努力。她一直都在尽力摆脱那些想要支配她的男人和想要获得她独家关注的女人。她一次又一次地拒绝，不向任何一个个体奉献她的忠诚。她更愿意有个自己的家，按她的要求来构建，由她说了算。她接受父母的资助，但不接受他们对她身份的控制，同时还利用她的好运气重塑了自己，换了个活法。这是一种特殊的勇气，常会被人误解成自私或懒惰。她这种姑娘总会被人认为只是个私立学校的金发花瓶，不过要是不能再深看一层，那你就大错特错了。

今天，当整个青年旅社渐渐苏醒，背包客们开始飘向盥洗室的时候，朱尔出了门。她把这一天都花在了自我提升上，与往常没有什么不同。她在大英博物馆的展厅间流连了几个小时，学到了不少画名，也喝掉了不少小瓶装的健怡可乐。她在一家书店待了一个小时，将一副墨西哥地图装入了脑中，然后又背会了《财富管理：八项核心原则》中的一章。

她想打电话给保罗，但她不能。

除了一直在等的那个电话，她谁的电话也不接。

* * *

电话铃响时，朱尔刚刚走出青年旅社附近的那个地铁站。是帕蒂·索科洛夫。看到号码，朱尔换上了标准美国口音。

结果帕蒂就在伦敦。

这倒是出乎朱尔的意料之外。

明天能在常春藤见个面吗?

当然可以。朱尔说她没想到帕蒂会打电话过来。小伊刚过世时她们曾通话过几次，那时候朱尔刚和警察谈过，并给帕蒂寄回了小伊伦敦住宅里的物品，而帕蒂则在忙着照顾还在纽约的吉尔。不过那段艰难时期的电话交流早在几周前就结束了。

平常，帕蒂说起话来总是语速很快喋喋不休，不过今天，她的调门很低，言语中也丧失了往日的活力，“我觉得应该告诉你一声。”她说，“吉尔不在了。”

这可是个惊人的消息。朱尔想起了吉尔那圆嘟嘟的灰白色的脸，还有吉尔所迷恋的那些可爱的小狗狗。她很喜欢吉尔，不知道吉尔已经过世了。

帕蒂告诉她，吉尔是两周前因为心脏衰竭过世的。这些年来他一直在做肾透析，心脏也不行了。也有可能，帕蒂说，是因为小伊的自杀，让他失去了再活下去的念头。

她们闲聊了一会儿，吉尔的病、吉尔是个多好的人，还有小伊。帕蒂说朱尔之前真是帮了他们大忙，在伦敦料理一切，那时候她和吉尔都没办法离开纽约。“我知道你听说我在旅行肯定觉得怪怪的。”帕蒂说，“不过照顾了吉尔这么多年，我实在是受不了一个人再待在那间公寓里了。那里到处都是他的东西，小伊的东西。我当时都……”她的声音低了下去，等再开口时，里面又充满了一种虚假的明快，“总之呢，我朋友丽贝卡就住在汉普郡，她把自己的客居别墅让了出来，让我在那里休养身心。她要我必须来。有些朋友就是这样。我已经好多年没和丽贝卡说过话了，可是一接到她的电话——就在她听说了小伊和吉尔的事之后——我们的友谊就又像以前一样了。根本不用先闲聊点什么，有话就直说。我们俩是一起在绿石楠上的学。我觉得，同窗好友总是有些共同的记忆和共同的经历可以将她们绑在一起吧。你和小伊就是。听声音，从上次分别以来你恢复得不错。”

“吉尔的事真的非常非常遗憾。”朱尔说，这话完全是真心实意的。

“他一直都有病，那么多药得吃。”帕蒂顿了顿，再开口时声音有些哽咽，“小伊的事之后我就想过，他已经没有什么好继续奋斗的了。他和小伊，都是我的心头肉。”她又强迫自己用明快的语调说，“啊，说回到我打电话的原因，你会来吃午饭的吧，对吗？”

“我说过会来的，当然。”

“那就常春藤，明天中午一点。我想对你说声谢谢，谢谢你在小伊死后为我、为吉尔所做的一切。我还为你准备了个惊喜。”帕蒂说，“一个应该能让我们俩都高兴起来的惊喜，可别迟到了。”

通话结束后，朱尔握着手机，在胸前捂了好久。

* * *

常春藤饭店坐落在伦敦一个狭窄的角落，看起来与周边地段完美和谐。店里的墙上是一排肖像画与彩色玻璃。烤羊肉和温室鲜花混合的气味闻起来就像钞票一样。朱尔穿着一身合体的礼服，搭配芭蕾平底鞋，并在她那大学女生似的妆容上特地添加了艳色的口红。

她在一张桌边找到了喝着杯中的白水正在等她的帕蒂。上次见到帕蒂还是十一个月前。那时候，小伊的母亲还是一副光彩照人的样子。帕蒂是个皮肤科医生，五十多岁，除了腹部有些隆起外，身材保持得很好。那时候，她还留着染成了深褐色的长发，烫着松散的大卷儿，皮肤散发着一种粉嫩的光泽。如今，她已经剪成了短发，发根处的灰白也露了出来。没有涂口红的嘴唇有些肿胀，显得有些男性化。如同其他上东区女性一样，她穿着一条黑色窄腿裤，搭配长款羊绒开衫——不过没穿高跟鞋，她穿的是一双亮蓝色的跑鞋。朱尔差点没认出她。看到朱尔穿过房间走了过来，帕蒂站了起来，笑了笑，“我看起来很不一样了，我知道。”

“哪有。”朱尔撒了个谎，并在帕蒂的脸颊上亲了亲。

“我现在不再那样了。”帕蒂说，“每天一大早就站在镜子前，穿上不舒服的鞋子，整理好妆容。”

朱尔坐了下来。

“我以前都是为了吉尔。”帕蒂继续道，“还有小伊。在她小的时候，她总是说，‘妈咪，头发要卷起来！脸上要有光彩！’现在已经没有这么做的理由了。我暂时离职了。有一天我忽然想到，再也无所谓了。于是就什么都没做直接出了门，感觉真是松了口气，都无法用语言来形容。不过我知道这会让别人感到困扰。我的朋友们就很担心。不过我想，且，我已经失去了伊莫金，失去了吉尔，现在的我就这样了。”

朱尔很想开口说两句适合这个场合的话，不过她不确定此刻是该表示同情，该转移话题还是该怎么办。“我在大学时读过一本这方面的书。”她说。

“哪方面？”

“日常生活中的自我呈现。那个叫考夫曼的作者提出了一个观点：在不同的情境下，人们会表现出不同的自我。你的人格特质并不是一成不变的，这是一种对环境的适应。”

“我已经不再呈现自我了，你是这个意思吗？”

“或者说是换了个呈现方式。自我有很多不同的版本。”

帕蒂拿起菜单，又伸手摸了摸朱尔的手，“你应该回大学去，亲爱的。你这么聪明。”

“谢谢。”

帕蒂直视着朱尔的眼睛，“嗯，我看人很准的。”她说，“你有那么大的潜力，饥渴而又富于冒险精神。你应该知道，只要你想，在这个世界上想要成为什么你都能做到。”

侍者过来记下了她们点的饮料，又有人过来放下了一篮面包。

“我把伊莫金的戒指带来了。”短暂的忙碌后，朱尔说，“之前就应该给你们寄回去的，不过我……”

“我知道。”帕蒂说，“很难放手。”

朱尔点点头，递过了一个纸巾包裹的小包。帕蒂撕下胶带，里面是八枚古董戒指，不是雕刻着动物的图案，就是戒指本身做成了动物的形状。这些都是小伊的收藏，很有意思，也很不寻常，每枚戒指的做工都很精美，风格各不相同。还有第九枚，就戴在朱尔的右手无名指上。那是一枚蛇形玉石戒指，是小伊之前送给她的。

帕蒂拿起手绢，轻声抽噎着。

朱尔低头看了看那几枚戒指。每枚戒指都曾在过去的某个时刻戴在小伊那纤细的手指上过。葡萄园岛上的烈日下，小伊曾在那家珠宝店内对店主说，“我要看你们这里出售的最不寻常的戒指。”不一会儿，她就把那枚蛇形的戒指递给了朱尔，“这个送给你。”从此之后，朱尔一直都戴着它，尽管此刻她已经不再配得上那枚戒指，也许从来就没有配得上过。

朱尔哽住了，一种情绪从她的心底升腾了起来，荡过她的喉咙。“抱歉。”她起身踉跄几步，冲向了女洗手间。整个饭店都在她的周围旋转起来，视野的四周也镶上了黑边。她抓住一把空椅子的椅背，稳住脚步。

她感觉自己快吐了，也可能是快要晕了过去，抑或二者兼有。在这家常春藤饭店，周围的人都很朴实，她根本配不上这个地方，简直是在让那位可怜的母亲蒙羞，那位她爱得不够——抑或是爱得太多的朋友的母亲。

朱尔来到盥洗室，弯腰站在水池前。

那种作呕的感觉怎么都止不住。她的喉咙收缩了一次又一次。

她把自己关进隔间，靠在墙上，双肩剧烈颤抖着。她干呕了几下，但什么都没吐出来。

一直等到那种作呕的感觉消退一些后，她才从隔间里走了出来，但整个人还在不住地发抖，上气不接下气。

回到水槽旁，朱尔用纸巾蘸水擦了擦脸，然后又用手指蘸着冷水按了按肿胀的眼睛。

口红就装在外套的口袋里，她又擦上那鲜艳的红色，就像武士穿戴好盔甲一样，然后重回帕蒂那里。

朱尔回到桌旁时，帕蒂已经恢复了泰然自若的样子。她正在跟侍者点菜，“先上红菜头吧。”朱尔坐了下来，帕蒂继续道，“然后是旗鱼，应该吧。旗鱼怎么样？好的，OK。”

朱尔点了汉堡和蔬菜沙拉。

侍者走远后，帕蒂道歉道，“对不起，非常抱歉，你没事吧？”

“没事。”

“我先提前警告，过一会儿我可能还会哭的。说不定就在大街上！这段时间，谁说得准呢。我随时随地都能流出眼泪来。”戒指和包裹的纸巾已经不在桌上了。“你看，朱尔。”帕蒂说，“你以前曾说过，你的父母对不起你，还记得吗？”

朱尔不记得了。她已经很久都没想过自己的父母了，一点都没有，除非是透过她自己创造的那些英雄起源的透镜。就连姨妈她也都再没想过。

那个原初故事出现在了她的眼前：阿拉巴马的小镇，小路的尽头，漂亮的小屋。她的父母正趴在前院一片黑红的血泊中，血液渗入草坪，只有一盏街灯微弱的光亮。她的母亲被一枪爆头，父亲双臂上的弹孔鲜血汩汩。

她觉得这个故事很有安慰作用。故事很美，故事里的父母很英勇，作为主角的女孩也会获得很好的教育，成长为一个强大而出众的人。

但她知道这个故事不适合跟帕蒂分享。于是，她只是含混地回答，“我有说过吗？”

“说过的，听到你说这话时我就想，也许我也对不起伊莫金。在她小时候，我和吉尔几乎根本没谈过领养她的事，不论是当着她的面还是私下里。你知道吗，我想把小伊当成我的孩子。不是别的什么人的，就是我和吉尔的亲骨肉。而且这事也很难开口，她的生母是个瘾君子，亲戚里也没人愿意接手这个孩子。我一直在告诉自己，我是在保护她免受伤害，根本没想到我有多对不起她，直到她——”帕蒂说不下去了。

“伊莫金是爱你的。”朱尔说。

“有些事让她绝望了，而她并没有来找我。”

“也没有来找我。”

“我应该教会她对别人敞开心扉，教会她在遇到困难时向别人求助。”

“小伊什么事都会告诉我。”朱尔说，“她的秘密，她的不安，她对生活的期望。她连自己的本名都告诉我了。我们穿对方的衣服，读彼此喜欢的书。说实话，小伊过世时我们很亲近，我觉得她真的非常幸运，能有你。”

帕蒂的眼眶湿润了，她摸了摸朱尔的手，“能有你也是她的幸运。在绿石楠的第一年她开始和你交往时我就这么觉得。我知道她喜欢你胜过她所认识的任何人，因为，嗯——这也是我想和你见个面的原因。我们的家庭律师告诉我，小伊把她的钱都留给了你。”

朱尔放下了手中的叉子，感到一阵晕眩。

小伊的钱，那得有几百万。

那意味着安全，意味着权力；意味着飞机票，意味着私家车钥匙；更重要的是，那意味着学费，意味着装满储藏室的食物，意味着医疗保险。也就是说，没有人能够再拒绝她，没有人能够再阻止她，没有人能够再伤害她。从今往后，朱尔再也不需要别人的帮助了。

“我对财务不太懂。”帕蒂继续道，“应该懂的，这我知道。但我信任吉尔，很高兴把这一切都交给他处理。那一类的事情让我无聊到发毛。不过小伊很懂，她写了遗嘱，在过世前寄给了律师。在她成年的时候，她从她父亲和我这里获得了很多钱。那些钱以前一直都在信托里，等她过完十八岁生日，吉尔就做了手续，把钱都转到了她的名下。”

“她还在高中的时候就有钱了？”

“上大学前的那个五月。也许那是个错误，不过木已成舟。”帕蒂继续道，“她对财务很在行，一直在靠红利生活。在买伦敦的公寓前，她从没动过本金，所以她才不用去工作。在遗嘱里，她把钱都留给了你。只有一小部分捐给国家肾脏基金会——因为吉尔的病——还有一小笔给北岸动物联盟。她在遗嘱中给你留了一大笔钱。她还给律师发了电子邮件，特别说明想帮你回大学上学。”

朱尔深受感动，尽管这毫无道理，但她确实深受感动。

帕蒂笑了笑，“她离开了这个世界，好让你能回去上学。我一直努力在从这个正面的角度来看待整件事。”

“她什么时候写的遗嘱？”

“过世前几个月吧。还在旧金山做了公证。你只需要签几个字而已。”帕蒂将一个信封推过桌子，“他们会把钱直接转到你的账户，等到九月份，你就是斯坦福的二年级学生了。”

收到那笔钱后，朱尔全部都取了出来，然后又另开了一个新支票账户。她办了几张新信用卡，并设置了按月自动还款。

然后她就去购物了。假睫毛、粉底、眼线笔、腮红、妆粉、粉刷、三种不同颜色的唇彩、两种眼影，还有一个虽然小但却很贵的化妆盒。一顶红色假发，一身黑色连衣短裙，一双高跟鞋。再多买些也不错，不过她需要轻装出行。

她用自己的电脑买了一张去洛杉矶的机票，定下了当地的旅店，并找好了拉斯维加斯周边的二手车经销商。伦敦飞洛杉矶，然后坐大巴到拉斯维加斯，再开车到墨西哥。这就是她的计划。

朱尔浏览着笔记本上的文件，确保自己记住了所有的银行账户，客服号码，密码，信用卡号和密码。之后的一天晚上，等到天彻底黑透后，她将笔记本电脑和手机都扔进了泰晤士河。

回到青年旅社，她给帕蒂·索科洛夫寄了一封情真意切的感谢信，写在一张老派的航空信纸上。然后她清空储物柜，打包好行李箱，再次确认所有身份证件和文件分类装好，所有的化妆品和护发用品都装进了旅行装的小瓶子，在塑料自封袋中密封完好。

* * *

朱尔从没来过维加斯。她在车站的盥洗室里换了衣服。水池被一个五十多岁的白人妇女给占了，旁边还放着她的老年助力推车。那女人坐在洗手台上，吃着外面裹着油乎乎白包装纸的三明治。她的大腿纤细，上面绑着脏兮兮的黑色绑腿。夹杂着灰色的金发高高地梳在脑后，乱蓬蓬的。她的鞋子放在地上——一双淡粉色的乙烯塑料细高跟。那双光着的脚就在半空中晃荡着，后跟上还贴着创可贴。

朱尔找了间最大的隔间，翻出了行李箱中的衣物。她戴上大耳环，套上之前买的黑色短裙，穿上厚底高跟皮鞋，戴上红色的假发——这是她将近一年来第一次戴这么大的耳环，而且那假发光滑得有些不自然，不过假发的颜色很衬她的雀斑。朱尔拿出化妆盒，拉好手提袋，走向洗手台。

坐在洗手台上的老女人对她发色的改变并没有什么表示，只是把三明治包装纸揉成一团，然后又点了一根烟。

朱尔的化妆技巧都是从在线教学视频上学的。过去差不多一年，她都把自己打扮成理想的大学女生的样子：自然色的肌肤，淡淡的腮红，清透的唇彩，一点睫毛膏。此刻，她拿出了假睫毛，绿色眼影，黑色眼线笔，粉底，轮廓刷，眉笔和珊瑚光泽的唇彩。

这些并不都是必需的。她并不需要这化妆品、外套和鞋子。一顶假发差不多就够了。不过，这次变装也是种不错的实践——她就是这么想的。而且她也很喜欢变成另一番模样。

“你是站街的？”朱尔画完眼线后，那个老女人问道。

纯粹是出于好玩，朱尔用她的苏格兰口音回答，“不是。”

“我是说，你是出来卖的吗？”

“不是。”

“可别卖，太可悲了，你们这些女孩子。”

“我不是的。”

“太丢人了，我就想说这些。”

朱尔没有回答，只是在颧骨上刷上了高亮。

“我以前干过。”老女人继续道。她蹭下洗手台，把脏兮兮的脚丫子塞进鞋子里，“失去了家人，也没有钱：我就是在那时候入行的。现在也还是没家人没钱。那可不是一条上升的路，即使遇上挥金如土的家伙也不行，你应该知道的。”

朱尔套上绿色的羊毛衫，拉起行李箱，“别担心我，我很好，真的。”说完，她提着手提袋朝门口走去——不过她的脚下有些不稳，那双新买的鞋子还没穿习惯。

“你真的很好？”老女人问。

“真的很好。”

“有时候做女人挺难的。”

“是啊，确实挺难的，还好还有化妆品。”说着，朱尔就头也不回地出了门。

* * *

把行李箱放进汽车站的储物柜后，朱尔挎着手提袋叫了辆出租车驶上拉斯维加斯大道。她很累——大巴上就没有睡着，而且伦敦的时差也还没倒过来。

霓虹灯、水晶吊灯和老虎机闪亮的灯光照亮了整个赌场。朱尔穿过各色人群，穿运动衫的男人、退休的老年人、派对少女，还有一大群佩戴会议徽章的图书馆员。来回穿梭间，两个小时就过去了，还好她最后终于找到了要找的目标。

几个女子正围在一排蝙蝠侠老虎机前，似乎玩得非常开心。她们拿着冷冻饮料，是紫色的沙冰。其中两个看起来像是亚裔美国人，另外两个是白人。那是一场脱单派对，那新娘看起来完全符合要求，正是朱尔需要的那种：苍白而娇小，肩膀宽阔，雀斑微小，淡棕色的头发梳成一个马尾辫——最多不过二十三岁。新娘穿着粉色的迷你连衣裙，白色的饰带上用水钻镶嵌了几个字：候任新娘。她的左肩上挎着一个绿松石色的小包，包上满是拉链。新娘探着身子，看着朋友们边玩老虎机边高声谈笑，享受着周围人的万千宠爱。

朱尔走到那群人旁边，用阿拉巴马州那种南部低地口音说，"打扰啦，你们有没有——呃，我手机没电了，得给朋友发个信息。之前还看到她在寿司餐吧那儿呢，后来我就玩嗨啦，结果刚一看，妈呀，已经仨小时了，她早都没影儿了！"

脱单派对的各位成员全都转向了她。

朱尔笑了起来，"啊呀，你们这是在给新娘子开派对吗？"

"她周六就要结婚啦！"其中一个伴娘拉着新娘叫道。

"恭喜啦！"朱尔说，"你叫啥名字？"

"珊娜。"新娘说。她们俩一样高，不过珊娜穿的是平底鞋，所以朱尔看上去稍微高一些。

"珊娜·迪克西，马上就要变成珊娜·麦克费特里奇啦！"另一个伴娘叫道。

"哇哦。"朱尔说，"婚纱准备好了吗？"

"当然准备好了。"珊娜说。

"又不是维加斯式的婚礼。"一个伴娘说，"我们是要在教堂里办的。"

"你们都是哪儿人啊？"朱尔问。

"塔科马的，在华盛顿州。你听说过吗？我们刚来维加斯——"

“她们为我准备了整个周末的活动。”珊娜说，“我们今早刚飞过来就去了水疗中心，然后做了美甲，看见了吗？我做的凝胶式的。然后我们就来了赌场，明天我们打算去看白虎。”

“你的礼服是啥样儿的？我是说，结婚穿的那身。”

珊娜抓住朱尔的胳膊，“就是我梦寐以求的样子。感觉就跟公主一样，太美了。”

“能让我瞅瞅吗？你手机上？肯定拍照片了吧。”朱尔用一只手遮住嘴，微微低下头，“我有婚纱情结，你看。从我还是个小丫头起就是。”

“哈，我确实拍了。”珊娜说。她拉开挎包的拉链，拿出了金色的手机。那包的衬里是粉色的，里面装着一个棕黑色的皮夹子、两包塑料包装的卫生棉、一包口香糖，还有一根口红。

“让我瞅一眼。”说着，朱尔上前几步，好看清楚珊娜的手机屏幕。

珊娜滑动着照片。狗狗，水槽下的锈渍，婴儿，同一个婴儿。“这是我儿子，迪克兰，十八个月了。”然后是湖边的树。“啊，找到了。”

婚纱是长款无肩带的款式，臀部装饰着层层褶皱。照片上的珊娜正在婚纱店里试穿，周围满是各种款式的白婚纱。

朱尔大呼小叫地赞叹了几声，“能让我瞅一眼新郎吗？”

“哈，当然可以了。他，呃，求婚的时候帅呆了。”珊娜说，“他把戒指藏到了甜甜圈里。他在法学院。我不用工作，除非我乐意。”她边翻照片边说，然后把手机拿过来给朱尔看那个幸运儿微笑着站在山坡上的照片。

“好可爱呀。”朱尔说。她的手伸进珊娜的挎包，夹出里面的钱夹，滑入自己的手提袋。“我男朋友保罗是个背包客，满世界跑。”她继续道，“这会儿正在菲律宾呢。你能相信吗？所以我就跟闺密来维加斯了。我得找个能安顿下来的男人，可不能背个包满世界乱跑，你说是不？我可是要结婚的。”

“如果这是你的愿望的话，那一定会实现的。”珊娜说，“下定决心，一切愿望都能实现。只要祈祷，然后，呃，具象。”

“具象化。”其中一个伴娘说，“我们去了一个工作室，真的很管用。”

“对了。”朱尔说，“我之前跟你们搭讪是为了，能借你手机用一下吗？我的已经挂了。行不？”

珊娜把手机递给她，朱尔随便输入了一个号码，“10:15 起司工厂见。”她把手机还给珊娜，“谢啦，你会成为最漂亮的新娘子的。”

“你也是，亲爱的。”珊娜说，“后会有期。”

几个伴娘挥手作别，朱尔也挥了挥手，然后转身穿过排排老虎机朝电梯间走去。

电梯门刚一关上，朱尔就脱掉了假发，电梯里只有她一个人。她踢掉高跟鞋，从手提袋中取出慢跑裤和范斯滑板鞋，将慢跑裤套在短裙外，然后穿上范斯鞋。将假发和高跟鞋塞回手提袋后，她套上一件拉链款卫衣。电梯门打开，外面是酒店的十楼。

朱尔没有出去。电梯再次下行，她取出一块化妆棉，摘下假睫毛，擦掉唇彩，然后打开珊娜的钱包，取出驾照，将钱包扔在了地上。

电梯门再次打开时，她已经完全变成另一个人了。

经过大道上的四家赌场，查看了六家餐厅，朱尔才选定了一家店。她点了杯咖啡，和一个孤零零的女大学生聊了起来，那个学生才刚刚开始夜班工作。那是一家二十世纪五十年代风格的餐厅。女服务员是个小个子，长着一脸雀斑和一头柔软的棕色卷发。她穿着一件圆点花纹的连衣裙，外套家庭主妇式的褶边围裙。趁着一群喝多了的年轻人走进餐厅大声谈论啤酒汉堡的空档，朱尔在柜台上放了几张钞票，算是付过了饭钱，然后就溜进了厨房。她从那排挂钩上取下最女性化的那个背包，从后门溜进了赌场的服务走廊。跑下几层台阶，进入外面的小巷，朱尔挎上背包，穿过了排队等候魔术表演的人群。

一路上，她边走边在包里摸索。拉链暗袋里有一本护照，护照的主人是阿德莱德·贝尔·佩里，二十一岁。

这次运气不错。朱尔早就料定，她可能得工作很长一段时间才能办本护照。不过她觉得有点对不起阿德莱德，于是在取走护照后，就将背包交到了一个失物招领处。

回到大道上，她在一家假发店和两家服装店里又备了点货，等到早上时，她已经又把那几家赌场扫荡了两遍。戴着金色波浪卷假发，涂着橘色唇彩，她顺走了达科塔·普莱森斯的驾照，那是个身高五英尺二[1]

[1]约合1.58米。

的女子。戴着黑色假发，身穿银色夹克，她顺走了德国人多萝西娅·冯·施内尔的护照，身高五英尺三。

等到早上八点时，朱尔已经又换回了慢跑裤和范斯鞋，脸上的妆容也清理得一干二净。她叫了辆出租车，来到利澳酒店，坐电梯上到顶层。她之前读到过关于五十一楼巫毒酒吧的报道。

喝完一瓶，又要再奋斗一天，伟大的白人直男动作英雄来到了城市的某个制高点，某个能俯瞰风景的地方。钢铁侠，蜘蛛侠，蝙蝠侠，金刚狼，杰森·伯恩，詹姆斯·邦德——他们都这样。英雄看着都市闪烁的灯光中蕴含着的痛与美，想着自己的特别任务、特殊天赋、独特力量，还有那奇异而暴力的生活，以及自己为此而付出的一切。

清晨的巫毒酒吧只是一片点缀着红色和黑色沙发的空旷屋顶。椅子的形状就像巨大的手，旋转楼梯在天台上缓缓升起。食客们可以登上楼梯，更好地欣赏下方维加斯大道的风景。地上摆着几个供舞女跳舞的笼子，不过除了一个清洁工外，此刻的酒吧里一个人都没有。看到朱尔走了进来，清洁工抬了抬眉毛。“我就是想进来看看。”朱尔对他说，“一点恶意都没有，我发誓。”

“当然可以。”清洁工说，“你随便看吧，我正在打扫。”

朱尔登上旋转楼梯的顶端，看着底下的城市。她想象着那芸芸众生，买牙膏，争吵，下班路上顺便买点鸡蛋。他们就生活在这闪烁的霓虹灯光下，很乐意将这个娇小可爱的女孩归为人畜无害的那一类。

* * *

三年前，朱莉埃塔·韦斯特·威廉姆斯十五岁。她正在一家游戏厅——非常大的游戏厅，装着空调，所有设备崭新——在一个模拟战争游戏里刷分，完全沉迷在射击中。这时，她在学校认识的两个男孩从身后接近她，捏住了她的乳房。一人捏一边。

朱莉埃塔一个肘击狠狠地击中其中一人柔软的腹部，然后转身使劲踩住另一个人的脚，一膝盖击中对方的腹股沟。

这是她第一次在武术班之外的地方打人，也是她第一次有这么做的需要。

好吧，也不是需要。是她想要，她很享受那一刻。

那男孩弯下腰，剧烈地咳嗽着，朱尔转身用掌根击中第一个男孩的脸，男孩的脑袋向后仰去，朱尔一把抓住他的 T 恤前襟在他的耳朵边吼道，“不许碰我！”

她想要欣赏那男孩脸上的恐惧，欣赏他的朋友蜷缩在旁边长凳上的样子。那两个男孩在学校里就一副不可一世的样子，天不怕地不怕。

一个一脸疙瘩的男人走了过来，抓住了朱莉埃塔的胳膊，他是游戏厅的工作人员，“我们这里不容许打架斗殴，小姐。恐怕你得离开了。”

“你抓着我的胳膊？”朱莉埃塔问，“我不喜欢别人抓我的胳膊。”

那人迅速松开了手。

他也怕朱尔。

他比朱尔高六英寸，至少大三岁。他是个成年人，而他害怕她。

这感觉真好。

朱莉埃塔离开游戏厅，一点也不担心那两个男孩子会跟踪她。那感觉就好像是在电影里。她以前并不知道自己能那样照顾好自己，不知道她在武术班和高中健身房中练就的力量会给她这样的回报。她意识到自己已经为自己造好了盔甲，也许一直以来这就是她的目的。

她看起来还是原来那个人，和其他人没有什么不同，但外面的世界在她眼里已经不一样了。一个强有力的女性——这可不一般。你可以去任何地方，做任何事，而别人却很难伤害到你。

在几层楼下的利奥酒店走廊里，朱尔遇到了一个推着推车的女服务员。四十美元的小费，她就可以在一间客房里睡到三点半。办理入住手续的时间是下午四点。

又经过一夜的钱包狩猎和一白天的睡眠，朱尔准备从停车场一个脏兮兮的家伙手中买一辆不起眼的二手车。她付了现金，从汽车站里取回行李，并将那些顺来的身份证件塞到了两厢车内衬毛毡垫下面的深处。

她驾车穿过美墨边境，用的是阿德莱德·贝尔·佩里的护照。

16

2017年2月的最后一周

伦敦

距离朱尔来到墨西哥还有三周的时候，福瑞斯特·史密斯·马丁正坐在朱尔家的沙发上，用他那光洁整齐的牙齿咬着小胡萝卜。他已经在这间伦敦公寓里待了五晚。

福瑞斯特是小伊的前男友，总是摆出一副对朱尔的话一个字都不信的样子。朱尔说自己喜欢蓝莓，他就抬抬眉毛，仿佛是在问“是吗”。朱尔说小伊飞到巴黎去了，他就会详细询问小伊具体去了巴黎的什么地方。他让朱尔有种自己在从事不法勾当的感觉。

福瑞斯特苍白而瘦弱，属于那种骨瘦如柴，但是遇到比自己强壮的女性又很不舒服的类型。他的关节似乎就是松松地连接在一起，左手腕上的那个绳编手链也脏兮兮的。他毕业于耶鲁大学，世界文学专业。他也很喜欢让别人知道他是耶鲁校友，经常在聊天时提起这个话题。他戴着小眼镜，正在蓄胡子，尽管那胡子似乎一直长势稀疏。他留着一头长发，在头顶绾成一个发髻。他今年二十二岁，正在写自己的小说。

此刻，他正在读一本从法语翻译过来的小说。作者是阿尔伯特·加缪，他总是读成卡慕。他穿着运动衫和拳击短裤，并不是端坐在沙发上，而是整个人都陷在里面。

福瑞斯特之所以在这所公寓都是因为小伊的死。他说他睡书房的折叠沙发就好，这样可以离伊莫金的遗物近一些。朱尔不止一次发现他从衣柜里拿出小伊的衣服贴在脸上闻。还有几次，她看到福瑞斯特把小伊的衣服挂在窗框上。福瑞斯特会翻出伊莫金的旧书——早期版本的《名利场》，还有其他维多利亚时代的小说——把那些书摆在自己的床边，好像是需要看一眼才能安然入睡似的。而且他每次上完厕所都会把马桶圈翻起来。

他和朱尔一起在伦敦料理小伊的后事，吉尔和帕蒂则因为吉尔的健康问题而被困在纽约。索科洛夫夫妇想办法没让自杀的事上报。他们说不想搞得满城风雨，而且按照警察的说法，这其中也没有什么可疑。尽管遗体没有找到，但没人怀疑到底发生了什么。小伊的遗嘱就在面包盒里。

所有人都认为她肯定是抑郁了。经常有人在泰晤士河跳河自杀，警察也是这么说的。如果一个人在跳河前给自己加上配重——按照伊莫金在遗嘱上所写的，她就打算这样跳下去——那么谁都说不准要多久才能找到尸体。

朱尔坐到了福瑞斯特旁边，打开电视。现在是BBC的深夜节目时间。他们俩花了一天时间整理小伊的厨房，按照帕蒂的指示打包物品。整个过程漫长而耗费心力。

“那姑娘看上去像小伊。”福瑞斯特指了指屏幕上的女演员说道。

朱尔摇摇头，“我没觉得。”

“是挺像的。”福瑞斯特说，“我觉得像。”

“一点都不像。”朱尔说，“她就是留了个短发而已。还有人觉得我像小伊呢，从远处看的话。”

福瑞斯特静静地看了看朱尔，“你不像她，朱尔。”他说，“伊莫金比你最漂亮的样子还要漂亮一百万倍。”

朱尔瞪了他一眼，“我没想到我们今晚还要互相伤害。我累了，就到此为止，还是你真想吵一架？”

福瑞斯特靠近朱尔，合上那本加缪，“小伊有没有借钱给你？”他问。

“没有。”朱尔诚心实意地回答。

“你有想过睡她吗？”

“没有。”

“你和她睡过吗？”

“没有。”

“她有新男友了？”

“没有。”

“你肯定有事情没告诉我。”

“我有无数的事情没告诉你。”朱尔说，“因为我是个注重隐私的人。而且我的朋友刚刚过世，我很伤心，还在努力渡过这个难关。你有意见吗？”

“有。”福瑞斯特说，“我想知道到底发生了什么。”

“你看，让你待在这间公寓的前提条件就是，不许喋喋不休地询问朱尔有关小伊个人生活的问题，也不能问朱尔的个人生活。这样我们才能相处下去。听懂了吗？”

福瑞斯特叫了起来，“待在公寓的前提条件？你说什么呢！这公寓还有前提条件？”

“每个地方都有自己的规矩。每到一个新地方，你都应该自己先弄明白那里的规矩。就好比你到别人家做客，首先就得自己领会主人家的行为规范，然后调整自己的行为。懂不懂？”

“你说的是你自己吧。”

“每个人都一样。弄清楚该用多大声说话，该坐在那儿，什么话可以说，什么话是冒犯。作为一个社会人就该这样。”

“切。”福瑞斯特慵懒地跷起二郎腿，“我才没那么假模假式呢。我只做自己觉得对的事。你知道吗？在这之前一点问题都没有。”

“那是因为你是你。”

“什么意思？”

“你是男的。家里有钱。白人。牙齿健康。耶鲁毕业。这张单子可以一直列下去。”

“所以呢？”

“别人会为你调整自己，白痴。你以为什么变化都没有，那是因为你他妈的就是个睁眼瞎，福瑞斯特。周围所有人都在适应你，一直都是。”

“也算言之有理。”福瑞斯特说，“好吧，这点我承认。”

“谢谢。”

“不过要是你每到一个新环境就都要七七八八想这么一出，那你肯定是出大问题了，朱尔。”

“我朋友死了。”朱尔说，“这个问题够大了。”

* * *

小伊没有把自己的秘密告诉福瑞斯特，但她告诉了朱尔。

朱尔很久以前就意识到了那个秘密，那时候小伊还没告诉她自己的原名，布鲁克·兰农也还没有出现在葡萄园岛的宅子前。

那天是七月四日，独立日，距离朱尔搬来没过多久。小伊发现了一份朱尔写在户外烧烤架上的比萨面饼食谱。她在厨房搅和起酵母，邀请了一些朋友，都是几天前在一个农贸市场上认识的夏天过来度假的游客。他们来参加了聚会，吃了东西。一切都很好，不过他们想要早点离开，“我们开车去镇上看烟花吧。”他们说，“不该错过的，快点儿。”

朱尔知道伊莫金讨厌公众活动上拥挤的人群。她只能看到周围人群的脑袋，而且这种活动总是闹腾得很。

福瑞斯特似乎并不在意。他和那些夏日游客一起跳上汽车，中间停下返回了一次也只是为了从厨房拿一盒饼干。

朱尔没有去。她和小伊一起将盘子放进洗碗机，然后换上泳衣。朱尔揭开热水浴缸的盖子，小伊拿来了两个高脚杯，里面盛着柠檬苏打水。

两个人静静地坐在热水中，这个夜晚过得很酷，蒸汽从水面上缓缓升起。

“你喜欢待在这儿吗？”小伊终于开口道，“在我家？和我在一起？”

朱尔喜欢，她也这么回答了小伊。看到小伊一脸期待的表情，她又补充道，“每天都有时间去真正看看蓝天，品尝口中的食物。活动空间这么充足，还不用工作，不用面对别人的期望，也没有大人。”

“我们就是大人。”小伊歪了歪脑袋，“至少，我觉得是。你、我，还有福瑞斯特，我们就是该死的成年人，所以感觉才这么爽。啊！”小伊一不小心把柠檬水碰洒在了浴缸里。她追逐着那三片缓缓下沉的柠檬，好不容易才将它们一片一片地捞了起来。“很高兴你喜欢这儿。”小伊边说边捞起最后一片柠檬，“因为有时候，和福瑞斯特在一起感觉就好像——只有我一个人一样。我没办法解释。也许是因为他在写小说吧，也有可能是因为他年龄比我大。不过还是和你在一起更开心。”

“你们是怎么认识的？”

“在伦敦时，我和他表弟上了同一个暑期班，有一天在黑狗点咖啡的时候，我从 Instagram 上认出了他。我们就聊了起来。他刚来那边一个月，为了写书的事。他过来时谁都不认识。基本上就是这样。”小伊的手指划过水面，“你呢？有没有约会？”

“之前是有几个男朋友在斯坦福。”朱尔说，“不过他们现在也还在加州。”

“几个男朋友？”

“三个男朋友。”

“三个男朋友已经很多啦，朱尔！”

朱尔耸耸肩，“我下不了决心选哪个。”

“我刚上大学的时候，薇薇安·阿布罗莫维茨邀请我参加有色人种学生联盟的派对。我以前跟你说过薇薇安的吧？总之，她老妈是华裔美国人，老爸是韩国犹太人。她一心要参加派对，就是因为她心仪的男孩子那天会去。我本来还有点担心，我是聚会上唯一的白人嘛，不过结果还好。比较尴尬的是，每个人政治倾向都很强，一副雄心勃勃的样子。聊的净是些什么抗议集会啊，哲学阅读清单啊，哈莱姆文艺复兴[1]电影系列啊之类的东西。那可是派对啊！我就是一副，呃，‘什么时候开始跳舞啊’的样子。结果是根本就没有舞跳。斯坦福的派对也是那种样子吗？没有啤酒，所有人都一副精英知识分子的样子？”

“斯坦福有兄弟会和姐妹会。”

“好吧，也许不一样。总之，有个一头脏辫的高个子黑人男孩儿，真的很可爱，他就这样说，‘你在绿石楠上的学，却没有读过詹姆斯·鲍德温？那托尼·莫里森呢？还有塔－内西斯·科特斯的书也值得一读。’我就说，‘你说啥？我才刚进大学，你说的那些我一个都没看过！’薇薇安就在我旁边，满脑子都是她的布鲁克，‘布鲁克刚给我发短信了，

[1] 哈莱姆文艺复兴，又称黑人文艺复兴，20 世纪 20 年代到经济危机爆发这 10 年间美国纽约黑人聚居区哈莱姆的黑人作家发动的一场文学运动。该运动提高了黑人文学艺术的水平，从中涌现出一批优秀的诗人和小说家，对促进黑人文化事业的发展和民族自尊的提升产生了深远的影响。

还有个派对，上面有 DJ，橄榄球队也在那边，我们闪吧？’我想去个能跳舞的派对，所以我们就走了。”小伊沉入浴缸的热水之中，过了一会儿又冒了出来。

“那个居高临下的家伙后来怎么样了？”

小伊笑了起来，“他叫艾萨克·图珀曼。我给你讲整件事就是为了说他。我和他约会了大概两个月，所以刚才那几个他最喜欢的作家的名字我才记得住。”

“他是你男朋友？”

“对啊。他给我写诗，还夹在自行车上。他会在晚上很晚的时候过来，比方说凌晨两点，然后说他想我了。不过也有压力。他是布朗克斯长大的，上的是斯泰伊，他还——”

“斯泰伊是什么？”

“纽约一所给神童开的公立学校。他脑子里全是想法：我该成为什么样的人，我该学什么，我该关心什么。他想成为给我启蒙的神奇导师。我真是受宠若惊，也有点敬畏的感觉，不过有时候也挺无聊的。”

“这么说他和福瑞斯特很像。”

“啥？不是的。刚遇到福瑞斯特的时候我可高兴了，因为他和艾萨克完全不一样。”小伊斩钉截铁地说，仿佛这是一个真理，“艾萨克喜欢我，是因为我无知，也就是说他可以教我，明白吗？这让他有男人的感觉。他确实知道很多东西，那些东西我既不知道又没有经历过，也没怎么怎么着的。不过后来——真是讽刺啊——我的无知把他给惹火了。最后，他跟我分了手，我是又伤心又脆弱，于是就来到了葡萄园岛。有一天我就想：去死吧你，艾萨克先生，我也没那么无知。被你鄙视的一无是处的东西我可知道好多呢。听得懂吗？我是说，我确实不知道艾萨克的那些东西。但我知道他那些东西很重要，可是和他在一起那么长时间，我只觉得自己又蠢又白。事实上我无法很好地理解他的生活经验，再加上他比我大一岁，还那么全心投入到他的学术事业中，文学刊物啊什么的——结果就是一直以来，他都是个大人物的样子，我就只能睁大眼睛仰视他，而他喜欢我的就是这一点，后来鄙视我的也是这一点。"

"后来有一周，我觉得我好像是怀孕了。"小伊继续道，"朱尔，你想想，我就是领养来的。现在呢，怀了个孩子，十有八九得送给别人领养，或者打掉。孩子他爹呢我父母见过一次，然后就给他贴上了'酒肉朋友'的标签——因为他的肤色，还有唯一见面那一次时他的发型——而且我根本不知道该怎么办，所以整整一周时间我都在逃课，在网上找别人堕胎的故事看。直到有一天我的月经终于来了，我就给艾萨克发了信息。他扔下手上的所有事儿马上就到了我的宿舍——跟我分了手。"小伊用双手遮着脸，"我从来没有像那一周那样害怕过。"她继续道，"就是我以为自己怀孕了的那一周。"

那天晚上，福瑞斯特看完烟花回来时小伊已经上床睡觉了。朱尔还醒着，坐在起居室的沙发上看着电视。福瑞斯特在冰箱里翻腾了半天，找了一瓶啤酒和一块头天剩的烤猪排。朱尔跟了过来，"你会做饭吗？”她问。

“我会煮面。会热番茄酱。”

“伊莫金做饭非常在行。”

“是啊，对我们俩是好事，是吧？”

“她在厨房很用功的，而且还通过网上视频和图书馆的烹饪书自学。”

“是吗？”福瑞斯特心不在焉地说，“嘿，我记得之前有剩面包碎的吧？我现在需要面包碎才能活下来。”

“被我吃了。”朱尔告诉他。

“算你运气好。”福瑞斯特说，“那好吧，我该去写书了。晚上脑子转得最快。”

* * *

和朱尔在伦敦待了一周后的一个晚上，福瑞斯特买了两张演出票，和朱尔一起去看皇家莎士比亚剧团的话剧《冬天的故事》。总得找点事情做，他们都需要离开那间公寓透透气。

两个人从银禧线换乘中央线坐到圣保罗大教堂，然后步行前往剧场。外面下着雨，距离演出开始还有一个小时，于是两个人找了家酒吧，点了鱼和薯条。酒吧里很昏暗，墙上镶着一排镜子。他们就在吧台上吃了起来。

福瑞斯特一直在谈论书本。朱尔便问起了他正在读的那本加缪的《局外人》，让他讲解了一下故事的主线：男主角的母亲死了，然后他又杀了人，并因此而入狱。

“是推理小说？”

“完全不是。”福瑞斯特说，“推理小说讲究维持现状。所有一切到结尾时都会有个了断，秩序会重新恢复。不过秩序并不是确实存在的东西，对吗？那是一种人工构建的东西。整个推理小说的门类都在为加强西方因果观念的霸权而服务。而在《局外人》[1]里，一开始你就知道到底发生了什么。根本没有什么好推理的东西，因为人类的存在本身就是毫无意义的。”

“啊，你说法语词的时候真性感。”朱尔一边说一边伸手从福瑞斯特的盘子里拿了一根薯条，“才怪。”

账单拿过来的时候，福瑞斯特掏出了信用卡，“我请，这可得多谢盖博·马丁。”

“你老爸？”

“对呀。他用这宝贝儿给我付账。”——福瑞斯特弹了弹信用卡——“直到我二十五岁为止。这好让我安心写小说。”

“真好命。”朱尔拿起信用卡，默记住卡号，然后又翻到背面，默记住校验码，“你看见过账单吗？”

福瑞斯特笑着接过信用卡，“没有。直接寄回康涅狄格了。不过我都尽量谨慎行事，不滥用这玩意儿。”

福瑞斯特和朱尔在蒙蒙细雨中朝巴比肯中心走去，福瑞斯特撑着雨

[1] 原文法语。

伞遮着两个人。他买了一本场刊，就是那种伦敦的剧院中常有的载满照片介绍演出相关内容的小册子。两个人在黑暗的剧场中坐了下来。

中场休息时，朱尔靠在大堂的一面墙上看着拥挤的人群，福瑞斯特去了男洗手间。朱尔听着各位观众的各色口音，伦敦腔，约克郡腔，利物浦腔。波士顿口音，标准美音，加州口音。南非口音，然后又是伦敦腔。

该死。

保罗·巴亚尔塔·贝尔斯通也在这儿。

此时此刻。就在大堂里，朱尔对面的人群中。

千篇一律的人群中，保罗就是一缕亮色。他穿着一件红色 T 恤，外面套着运动服，脚上穿着黄蓝相间的跑鞋，牛仔裤的裤脚有些磨损。保罗的老妈是菲律宾人，老爸是杂烩美国白人。这是他的原话。他有一头黑色的头发——和上次相见时相比剪短了——一双温柔的眉毛，圆润的脸颊，棕色的眼珠，还有柔软的红唇，软得都有些膨胀了，他的牙齿也很整齐。保罗就是那种背着一个包就能环游世界的人。旋转木马上，蜡像馆里，随时随地都能和陌生人聊得来。他非常健谈，又毫不矫饰，还总是为别人考虑。此时此刻，他正在吃从一个黄色袋子里掏出来的瑞典小鱼软糖。

朱尔转过身。她不喜欢自己这种快乐的感觉，也不喜欢保罗那漂亮的样子。

不。她不想见到保罗·巴亚尔塔·贝尔斯通。

她不能见保罗。现在不行，以后也不行。

* * *

朱尔立刻离开大厅转身回到剧场内。双扇大门在她的身后合上。此刻剧场内并没有多少观众，只有几个引座员和一些不想离开座位的老年人。

她得尽快离开，不能让保罗看到。她一把抓起外套，根本不打算等福瑞斯特。

旁边有侧门出去吗?

她把外套搭在手臂上快步跑过过道——保罗就在那儿，站在她面前。朱尔停下脚步，现在根本没机会逃走了。

保罗挥了挥手里的那袋瑞士小鱼软糖，“伊莫金！”他上前几步，亲吻了一下朱尔的脸颊。朱尔闻到了他呼吸中的甜味。“见到你真是太高兴了。”

“哈喽。”朱尔冷冷地说，“我以为你在泰国。”

“计划推迟了。”保罗说，“我们把所有一切都后推了。”他退后一步，仿佛是在欣赏朱尔的样貌，“你肯定是伦敦最漂亮的姑娘了。真美。”

“谢谢。”

“我说的是实话。最漂亮的女人，不是小姑娘。抱歉。是不是有很多人围在你身边啊，伸着舌头流着口水？自从上次分别后你变得更美了，这是怎么做到的啊？真可怕。我是不是说的太多了？那是因为我紧张。”

朱尔感觉身上热乎乎的。

“跟我来。”保罗说，“一起喝杯茶。或者咖啡，随你。我很想你。”

“我也想你。”她并没有打算这么说，但那句话还是冒了出来，而且是真话。

保罗握住朱尔的手，抚摸着她的手指。他向来都是这样的自信，即使朱尔拒绝了他，他也能立刻看出那并不是真心的。他总是异常地温柔，又异常地自信。他抚摸着朱尔，就好像知道他们俩能这么做是件非常幸运的事；就好像知道朱尔并不经常容许别人抚摸。指尖对指尖，他领着朱尔回到了大堂。

“我没给你打电话，是因为你跟我说不要打。”保罗边说边松开她的手，两个人排到了饮料柜台前的长队里。“我一直想给你打电话。每天都想。每次我都盯着手机看半天，最后却没拨出号码，就是因为不想被你当作是变态。真高兴能在这里偶遇你。天呐，你真是太美了。”

朱尔喜欢保罗的 T 恤领口搭在锁骨上的样子，也喜欢他的手腕在外套衣料上擦过时的样子。紧张的时候，保罗会咬住下嘴唇。他的睫毛很黑，很衬面部轻柔的线条。每天早上醒来，朱尔想到的第一件事就是要是能见到保罗该有多好。那种感觉仿佛是在告诉她，只要早上一睁眼就能看到保罗·巴亚尔塔·贝尔斯通，那么一切就都会顺利。

“你还是不想回纽约家里吗？”保罗问。

“再也不想回去了。”朱尔回答。如同她告诉保罗的其他许多事一样，朱尔发现自己又说了实话。她的眼眶湿润了。

“我也不想回家。”保罗说。他的父亲是个地产大亨，几个月前刚刚因为内幕交易而被起诉。新闻上铺天盖地的都是。“知道我爸干了什么之后，我妈就走了。她现在和妹妹住在一起，从新泽西通勤上班。因为钱的事家里搞得天翻地覆的，还有离婚律师、刑辩律师跟调解员，真是恶心。”

“很遗憾。”

“就是很恶心。一说离婚的事我姨夫简直就是个极端种族主义者，你都想不到从他嘴里能冒出什么来。而且说实话，我妈的毒液也不少。她确实有那个资格，可每次跟她通电话都好像是从地狱里走了一遭似的。说真的，我不觉得那里还有什么值得回去的了。”

“你有什么打算吗？”

“再到处转转，再过几周我的朋友就准备停当了。到时候我们会背包穿越泰国、柬埔寨和越南，就按之前的计划。然后去香港，最后去菲律宾看我祖母。”他又拉起朱尔的手，指尖轻轻滑过朱尔的掌心，“你没戴你的戒指。”朱尔只涂了淡粉色的指甲油。

“就戴了一个。”朱尔伸出另一只手，让他看了看戴在手指上的玉蛇戒指，“其他几枚都是我朋友的，我只是借来戴戴而已。”

“我还以为都是你的呢。”

“不，是，不是。”朱尔叹了口气。

“到底是还是不是呢？”

“我朋友不久前自杀了。之前我们吵了一架，她死时都还在生我的气。”朱尔说的是实话，但也是谎话。和保罗在一起混淆了她的思维。她知道自己不该再和保罗有任何联系了。她能感觉得到，那些她讲给自己的故事正在和讲给别人的故事换位、重叠、扭曲、变形。她说不清楚，今晚的这些故事该叫什么，也说不清楚自己想要在故事中传达什么，隐瞒什么。

保罗握紧了她的手，“真抱歉。”

朱尔忽然说，“你说，一个人是不是由他做过的最坏的事所定义的？”

“什么？”

“一个人是不是就是由他做过的最坏的事定义？”

“你的意思是，你朋友会不会因为自杀而下地狱？”

“不是。”朱尔完全没有想到这个方面，“我的意思是，在我们还活着的时候，我们那些最坏的恶行是不是就决定了我们是谁？或者换个说法，你觉得人类是不是应该比他们所做过的最坏的事要更好些。”

保罗想了想，“呃，拿《冬天的故事》里的里昂提斯来说吧，他试图毒死自己的朋友，还把自己的妻子投进了监狱，孩子也被他弃之荒野。所以他绝对是个大恶人，是不是这个意思？”

“对。”

“不过故事的最后——你之前看过这个故事吗？”

“没有。”

“最后，他悔过了。他对自己所做的一切万分自责，这就够了。所有人都原谅了他。尽管之前做过那么多恶事，但莎士比亚还是让里昂提斯获得了救赎。”

朱尔想向保罗坦白一切。

她想要告诉保罗自己的过往，那充满不堪与美好，充满胆魄与复杂纠结的过往。她也能获得救赎。

但她开不了口。

“哦哦。”保罗恍然大悟道，“我们刚才不是在谈论戏剧啊。”

朱尔摇了摇头。

“我不会生你的气，伊莫金。”保罗说，“我只会为你而疯狂。”他伸手摸了摸朱尔的脸颊，又用拇指的指腹划过朱尔的下嘴唇，“我相信你的朋友也不会还在生你的气，不管她活着时你们之间发生了什么。你是个出类拔萃的人物，这我看得出来。”

他们走到了队伍的最前端。“两杯茶。”朱尔对柜台后的女士说。尽管没有哭，但她的眼泪还是流了下来。不能再这么情绪化了。

“感觉挺像饭后闲谈的。”保罗边说边付了茶钱，“要不要看完演出后一起去吃个晚饭？或者吃点百吉饼？我知道一个酒吧，里面的百吉饼是正宗的纽约口味。”

尽管知道应该拒绝，但朱尔还是点了点头。

“百吉饼，挺好的。那就说定了，咱们先说点高兴的事儿吧。”保罗说。两人拿好盛茶的纸杯，来到旁边放着牛奶和咖啡勺的柜台。“我加两块糖，一大勺奶油。你呢？”

“加柠檬。”朱尔说，“我喝茶都要加四片柠檬。”

“OK。聊点高兴的，分散注意力的事情。”保罗边说边和朱尔一起走向一张桌子，“说说我自己行吗？”

“我估计也没人阻止得了你。”

保罗笑了笑,“我八岁的时候，从我叔叔的车顶上跳下来时崴折了脚。我有只狗叫扭扭，还有只仓鼠叫圣乔治。小时候我想当个侦探。有一次因为樱桃吃多了，我把自己给吃吐了。还有，自从你让我不要再打电话给你之后，我没有和任何人约会过。”

朱尔不由得笑了起来，“骗人。”

“一个女人也没有。我今晚是和亚提·撒切尔一起来的。”

“你爸的那个朋友？”

“我就住在他家。他说要是没看过皇家莎士比亚剧团的演出就不算来过伦敦。你呢？”

朱尔被迫回到了现实。

她是和福瑞斯特一起来的。

真是愚蠢，简直蠢到没脑子，居然让保罗问到这些细节。

她应该离开剧院。不过接下来保罗肯定会用嘴唇亲吻她的脖子，他已经摸过她的手指了。他注意到了她的手，并说天呐，她美极了。他还说每天都想给她电话。

朱尔很想保罗。

可福瑞斯特在这儿。

不能让他们俩遇到。绝不能让保罗见到福瑞斯特。

“你看，我得——”

福瑞斯特出现在了她的身旁，一副无精打采的懒散样子，“遇到朋友了啊。”他对朱尔说，那语气就好像是在跟家养的小狗说话一样。

必须得马上离开。朱尔站起身，“我感觉不舒服。”她说，“我有点头晕，还恶心，能送我回家吗？”说着，她一把抓住福瑞斯特的手腕，拉着福瑞斯特朝大门口走去。

“五分钟前还好着呢。”福瑞斯特边说边跟了上来。

“很高兴见到你。”朱尔对保罗叫道，“再见。”

她本打算就让保罗这么坐着，但保罗起身追上了已经走到门口的二人，“我叫保罗·巴亚尔塔·贝尔斯通。”他边说边对还在朝外走的福瑞斯特笑了笑，“是伊莫金的朋友。”

“我们得走了。”朱尔说。

“福瑞斯特·史密斯·马丁。”福瑞斯特回答，“这么说你也听说了？”

“走吧。”朱尔说，“快。”

“听说什么？”保罗问。朱尔还在朝外拉福瑞斯特，保罗跟上了他们的脚步。

“抱歉，抱歉。”朱尔说，“我感觉很不舒服，我们叫辆车吧。”

他们走了出来，外面雨很大。巴比肯中心通往大街的小路很长，朱尔拉着福瑞斯特走了过去。

保罗停在了中心的屋檐下，不想被雨淋湿。

朱尔招手叫了辆黑色的士，坐了上去，说了圣约翰伍德公寓的地址。

她深吸一口气，总算安下了心，并且想好了该怎么跟福瑞斯特说。

“我的外套还在座位上呢。”福瑞斯特抱怨道，“你病了吗？”

“没有，没真病。”

“那是怎么回事？为什么要回家？”

“那个男的老缠着我。”

“保罗？”

“对。他老给我打电话。一天就能打好多次。还有短信，电邮。我觉得他好像在跟踪我。”

“你的男女关系可真奇怪。”

“根本就没有什么关系。他接受不了拒绝，所以我才得赶紧走。”

“保罗什么什么贝尔斯通是吧？”福瑞斯特说，“他的名字？”

“嗯。”

“跟斯图尔特·贝尔斯通有关系吗？”

“我不知道。”

“他就是姓这个吧？贝尔斯通？”福瑞斯特拿出了手机，“维基百科上说——有了，就是斯图尔特·贝尔斯通的儿子，D&G 交易丑闻，什么什么什么的，他的儿子保罗·巴亚尔塔·贝尔斯通。”

“应该是吧。”朱尔说，“我尽量不想他。”

“贝尔斯通，有意思。”福瑞斯特说，“伊莫金见过他吗？”

“见过。没有。”朱尔心慌了起来。

“到底是见过还是没见过呢？”

“他们两家互相认识。我们刚到伦敦的时候遇见过他。”

“而现在他在跟踪你？”

“是的。”

“你就从来都没想过跟警察提一下这个跟踪你的贝尔斯通吗？万一跟小伊的失踪有关呢？”

“他和什么都没关系。”

“说不定有呢。有很多事都说不通。”

“小伊自杀了，没有什么说不通的。”朱尔抢白道，“她很抑郁而且不爱你了，而且爱我爱得也不够让她活下去。别再摆出一副还有其他什么可能的样子了。”

福瑞斯特咬了咬嘴唇，一路上没再说话。几分钟后，朱尔回过头，发现他在哭。

* * *

早上，福瑞斯特不在了。他不在折叠沙发上，他的包不在客厅壁橱里，他的男士毛衣也没有扔得满地都是。他的笔记本电脑不见了，同样不见了的还有他的法国小说。头天吃饭的脏盘子他都放在了水槽里。

朱尔一点也不想他，也绝不想再见到他。不过同样的，她也不想他就这么一声不响地离开。

头天晚上保罗是怎么跟福瑞斯特说的？只有“是伊莫金的朋友”和“听说什么？”——还有他的名字，仅此而已。

福瑞斯特没有听到保罗叫她伊莫金，是吧？

没有。

大概。

没有。

福瑞斯特为什么想要调查保罗？他是觉得伊莫金被人跟踪谋杀了吗？又或者是觉得伊莫金和保罗有染？还是说他觉得朱尔在撒谎？

朱尔收拾好背包，去了她之前读到过的那个青年旅社，就在城市的另一头。

15

2017 年 2 月的第三周

伦敦

距离前往青年旅社还有八天的时候，朱尔从伦敦的公寓拨通了福瑞斯特的手机。她的手在抖。她坐在厨房灶台上的面包盒旁，双腿悬在空中。现在还是早上很早的时候，她想早点了结这通电话。

“嘿，朱尔。”福瑞斯特说，“伊莫金回来了吗？”

“没有。”

“哦。”短暂的停顿。“那你打电话过来干嘛？”语气中的不屑显而易见。

“有些坏消息。”朱尔说，“对不起。”

“什么消息？”

“你在哪儿？”

“报刊亭。很显然他们这里都叫报摊儿。”

“你应该找个安静的地方。”

“好吧。”等了一会儿后。“什么事？”福瑞斯特问。

“我发现了一封信，在公寓里。伊莫金写的。”

“什么样的信？”

“放在面包盒里的。我就念给你听。”朱尔用手指夹着那封信。上面是伊莫金特有的那种细长慵懒的字体，用的也是她最常用的短语和最喜欢的词。

嘿，朱尔。看到这封信的时候，我已经吃了大把的安眠药了。然后，我会叫一辆出租车去威斯敏斯特桥。

我会在口袋里装满石头。很多石头。整整一周的时间我都在捡石头。我会溺死在水里。我会把自己交给河水，让自己获得解脱。

我敢说你肯定想知道原因。这个很难说。什么都不对。我在哪儿都找不到家的感觉。也许再也找不到了。

福瑞斯特不理解。布鲁克也不理解。不过你——我觉得你能理解。你知道那个别人都不会爱的我。如果真的还存在一个我的话。

小伊

“哦，天呐。哦，天呐。”福瑞斯特不住地重复道。

朱尔想到了那漂亮的威斯敏斯特桥，巨大的石拱，绿色的栏杆，还有桥下那滚滚而去的冰冷河水。她想到了小伊的尸体，白色的衣衫飘荡在水面上，脸朝下趴在水中，周围一池血水。失去伊莫金·索科洛夫确实让她感觉非常痛心，远比福瑞斯特要痛心得多。“信是几天前写的。”等到福瑞斯特终于安静下来的时候，朱尔告诉他，“她从周三起就不见了。”

“你说她去了巴黎。”

“我也是猜的。”

“也许她没跳。”

“她留了遗书。”

“可是为什么？为什么她要自杀？”

“她没有家的感觉。你知道她说的是事实。她在信上也是这么写的。”朱尔咽了口唾沫，说出了她料定福瑞斯特想听的话，“你说我们该怎么办？我不知道该怎么办。我首先想到的就是告诉你。”

“我这就来。”福瑞斯特说，“你打电话报警。”

* * *

两小时后，福瑞斯特来到了公寓。他披头散发，一副被掏空了的样子。他从旅馆拿来了自己的背包，并宣布要睡在书房的沙发上，直到事情有个结果。朱尔可以睡卧室。他们谁都不该独自一人，他说。

朱尔并不希望他待在这儿。她感觉悲伤、脆弱。而福瑞斯特在，她就得穿戴上自己的铠甲。不过，福瑞斯特处理起危机来确实是一把好手，这一点朱尔不得不承认。福瑞斯特一手承担起了发信息打电话的任务。

他和每个人通话，语气极其地温柔，朱尔都不知道他可以这么温柔。索科洛夫夫妇，她们在玛莎葡萄园岛的朋友，小伊的大学同学：每个人福瑞斯特都亲自联系，然后一个一个地从他自制的名单上划掉。

朱尔报了警。警察进来后到处查看时福瑞斯特还在给帕蒂打电话。警察拿走了伊莫金手写的遗书，然后记录了朱尔和福瑞斯特的证言。

他们俩都认为小伊看起来不像是去旅行了。她的行李箱就在柜子里，衣服也都在。钱包和信用卡他们也找到了，就在一个包里。不过，她的笔记本并不在公寓，驾照和护照也不见了。

福瑞斯特问警察，遗书有没有可能是伪造的。“也许有人绑架了她，并且想要转移视线。”他说，“也有可能是她被迫写的？有没有办法确定她是不是被迫写的？”

“福瑞斯特，那封信就在面包盒里。”朱尔轻声提醒他，“小伊放在面包盒里给我看的。”

“索科洛夫小姐有什么会被绑架的理由吗？”警官问。

“钱。绑架她索要赎金。她的笔记本电脑不见了，这很奇怪。也有可能她已经被谋杀了。比方说，被强迫她写下遗书的人。”

几位警官听了福瑞斯特的理论。他们指出，福瑞斯特本人恰恰就是嫌疑最大的人：刚到伦敦的前男友，到处寻找伊莫金的踪迹。不过他们也明确声明，目前并没有发现任何犯罪的迹象。他们到处搜查了挣扎搏斗的痕迹，但并没有什么发现。

福瑞斯特说伊莫金也许是被诱骗到了公寓外，不过警察又提醒了他面包盒的事。“遗书写得很清楚了。”他们说。他们问这是不是小伊的笔迹，朱尔回答说是。他们又问了福瑞斯特，福瑞斯特也说是。至少，看起来很像。

朱尔给了他们伊莫金在英国用的电话。通讯记录里只有打给当地博物馆的电话和几封邮件，都是发给她父母、福瑞斯特、薇薇安·阿布罗莫维茨和几个朱尔也认识的朋友的。警官们又询问了小伊的银行账户情况。朱尔给了他们几张那台丢失的电脑以前打出的单子，这些都是在起居室那张桌子的抽屉里找到的。

警官们保证说会到河里搜寻伊莫金的尸体，不过他们也说既然加了石头作为配重，尸体就不会那么容易浮起来。也许已经被河水从威斯敏斯特桥附近冲走了。

就算能找到她，那也得花上好几天，甚至是好几周的时间。

14

2016年12月末

伦敦

六周前，朱尔第一次来到伦敦。那是圣诞节后的第二天。她叫了辆出租车前往预定好的酒店。英国的纸币太大张，不好平整地装进她的钱包。车钱又太贵，不过她并不在乎。她有的是钱。

那酒店是一座老建筑，里面进行过改造。写字台前坐着一位身穿格子上衣的绅士。看过预约记录后，他亲自带朱尔去了房间。那位先生一路上跟她聊着天，行李则由搬运工负责。她喜欢那位先生说话的方式，感觉就像是狄更斯小说里出来的人物一样。

套房的墙壁上贴着黑白相间的壁纸，窗户上挂着厚重的织锦窗帘，浴室是地暖加热的，奶油色的毛巾上还有小方块儿花纹，棕色的包装纸里包裹着薰衣草香味的香皂。

朱尔叫了客房服务。她要了一份牛排，牛排送来后就被她一口不剩地都吃了下去。她还喝了两大杯水。做完这些后，她就去睡觉了，睡了足足有十八个小时。

醒来后，她感觉神清气爽。

异国他乡，陌生的城市，《名利场》和《远大前程》的舞台。这是小伊的城市，不过很快就会变成朱尔的城市了，就像小伊喜爱的那些书也都变成了朱尔的书一样。

她拉开窗帘。伦敦城在眼前舒展开来。红色的巴士，黑色的甲壳虫出租车，在狭窄的街道上川流不息。每栋建筑看起来都有几百年的历史。她想到了生活在这里的芸芸众生，他们开车靠左行驶，他们吃松饼，他们喝茶，他们看 BBC(原文 telly 也是电视，和 TV 在翻译上没办法区别，故稍作修改)。

朱尔剥离了内疚和哀伤，就好像蜕掉了一层皮一样。她把自己看作是一个孤单豪侠，一个休养中的超级英雄，一个间谍。她比旅馆里的任何一个人都要勇敢，比伦敦城里的任何一个人都要勇敢，比任何一个普通人都要勇敢。

* * *

还是夏天在玛莎葡萄园岛上的时候，小伊告诉朱尔她在伦敦有座公寓。当时她说，“钥匙就在这儿。我们明天就能去。”边说还边拍了拍背包。

不过这话她之后就再也没有提过。

此刻，朱尔刚给管理公寓的大楼经理打了电话，告诉他小伊来城里了。能否请他安排打扫一下，透透气？然后再买点蔬菜，还有鲜花？好的，所有这些都可以安排好。

一切准备停当后，小伊的钥匙轻松地打开了门锁。那套公寓位于圣约翰伍德一栋白色联排别墅的顶楼，有一间宽敞的卧室和一间书房，周围商铺林立，从窗户望出去就是树。壁橱里放着软绵绵的毛巾和条纹棉床单。浴室里只有一个浴缸，没有淋浴。冰箱很小，厨房里也几乎什么设施都没有。小伊布置公寓时还没学会烹饪，不过这也不是什么大事。

朱尔知道，伊莫金在高中毕业后的那个六月到伦敦参加了一个海外暑期班。就是那时，她在财务顾问的鼓励下买下了这套公寓。整个交易过程非常迅速，小伊和朋友们在波托贝洛路市场的商店里买了些古董作为装饰，又在哈罗德百货买了家纺用品就算完事儿了。公寓的前门上挂满了小伊那年夏天的快照——大概有五十多张。绝大多数照片上的小伊都在和一群男孩女孩勾着肩搭着背，照片背景都是伦敦塔、杜莎夫人蜡像馆之类的地方。

朱尔把公寓里小伊的个人物品都收了起来，然后取下所有的照片，扔进垃圾袋，连同袋子一起放到了地下室。

接下来一周，朱尔订了一台新笔记本，然后把那两台旧的都扔进了焚化炉。她去了不少博物馆和餐馆，在安静的厅堂吃牛排，在喧闹的酒馆吃汉堡，和服务员们调情谈笑。她和书商们闲谈，用的都是小伊的名字。她和游客们聊天——都是些匆匆过客——有时候还和他们一起吃个饭或者一起去剧院。她感觉自己就像她想象中的小伊：到哪里都受人欢迎。她每天都健身，每天只吃自己喜欢的食物。除此之外，她过的就是伊莫金的生活。

到达伦敦后的第三周第一天，朱尔去了杜莎夫人蜡像馆。这座蜡像馆是个著名景点，里面到处都是名人蜡像：宝莱坞明星、王室成员还有笑出小酒窝儿的男孩组合小鲜肉。整个蜡像馆里挤满了吵闹的美国小孩儿和他们那更加吵闹的父母。

朱尔凝视着查尔斯·狄更斯的蜡像，那座蜡像就坐在硬木质的椅子上，满面愁容。这时，有人跟她说话了。

“要是他还活着，肯定会把那秃头剃光了。”保罗·巴亚尔塔·贝尔斯通说。

“要是他还活着，肯定去写电视剧本了。”朱尔说。

“还记得我吗？”保罗问，“我叫保罗。我们夏天时在玛莎葡萄园岛见过。”他笑起来有些腼腆。他穿着一条旧牛仔裤和一件浅橙色的T恤，范斯鞋也很旧。朱尔知道，他又在背包旅行了。“你的发型变了。”他又说，“我一开始都不确定是你。”

他很好看。朱尔已经忘了他有多好看了。她曾亲过他一次。他那浓密的黑发咄咄逼人，脸颊微微有些晒伤，嘴唇也有些干裂，也许是去滑雪了吧。

“我记得你。”朱尔说，“你决定不了是要奶油糖还是热软糖，你坐旋转木马会吐，你希望自己将来能成为一名医生。你真的会去打高尔夫，这让你显得很老气；你正在环游世界，这倒很有意思；你会在博物馆跟踪女孩子，并且在她们停在著名小说家的蜡像前欣赏时偷偷靠近。”

“我就只说声谢谢吧。”保罗说，“虽然你对高尔夫的评价很刻薄。

不过很高兴你还记得我。你看过他的书吗？”他指了指狄更斯，“我本来应该去上学的，不过让我给推了。”

“看过。”

“你觉得哪本最好看？”

“《远大前程》。”

“讲什么的？”保罗没有看蜡像，他一直看着朱尔，神情专注。他伸手轻轻抚摸着朱尔的手臂，听着朱尔的回答。他很有自信，刚刚重新介绍过自己就敢这样抚摸朱尔。朱尔其实并不喜欢别人碰她，但她不介意保罗这么做。保罗的动作很温柔。

“一个孤儿男孩儿爱上了一个富家女。”她告诉保罗，“那女孩儿叫埃斯特拉。埃斯特拉的存在就是为了让男人心碎，也许她自己就没有心吧。她是由一个疯女人养大的，那疯女人在祭坛举行婚礼时被人抛弃了。”

“这个埃斯特拉伤了那个男孩子的心？”

“伤了好多次，还是故意的。埃斯特拉不懂其他的行事方式。伤别人的心是她在这个世界上唯一会做的事。”他们离开狄更斯朝博物馆的另一片展区走去。“你是一个人来的吗？”朱尔问。

“和我爸的朋友。我在他家住几天。他想向我介绍这座城市，只不过他走不了多远就要坐下来休息一会儿。他叫亚提·撒切尔，你认识吗？”

“不认识。”

“他的坐骨神经痛又犯了，就去茶餐厅休息了。”

“你又怎么来了伦敦？”

“我背包穿越了西班牙、葡萄牙、法国、德国、荷兰，然后又回到法国，再然后就来这儿了。我本来是和朋友一起旅行，不过他回家过圣诞去了，而我又不太想回家，所以假期这几天就到亚提这里住住。你呢？”

“我在这儿有间公寓。”

保罗俯下身子靠近，指了指远处阴暗的大厅，“嘿，这儿还有恐怖屋，就在那个大厅那边。能和我一起去吗？我需要个人保护我。”

“保护你什么？”

“那边有吓人的蜡像呀。就是那些。”保罗说，“是一所囚犯越狱的监狱。我看过介绍。有很多开肠破肚的。”

“那你还想去？”

“我喜欢看开肠破肚。不过不能一个人。”他笑着说，“你愿意来保护我不受囚笼内的犯人们攻击吗，伊莫金？”说着，两个人已经来到了恐怖屋前。

“当然愿意。”朱尔说，“我会保护你的。”

* * *

从来就没有什么三个男友在斯坦福。

在哪儿都没有过三个男友，就连一个也没有。

朱尔不需要男人，也不确定自己是不是喜欢男人，更不确定自己是不是喜欢人。

她本该在八点钟去见保罗的。她刷了三遍牙，换了两身衣服，还喷了茉莉香型的香水。

看到等候在他们约好的那个旋转木马前的保罗时，她差点儿转身离去。保罗正在看街头表演。一月的寒风让他紧紧地裹着围巾。

朱尔告诉自己，不该太接近别人。没有人值得她冒这个险，现在就该离开。她正要离开——但保罗看到了她，向她跑了过来，用最快的速度，就像个小孩子，在快要撞上时才停了下来。保罗握住朱尔的双手腕转着圈儿，“天呐，这就像电影一样。你能相信我们就在伦敦吗？我们所知的一切都在大洋的另一头呢。”

他说的没错。所有一切都在大洋的另一头。

今晚不会有问题的。

保罗带着朱尔沿泰晤士河漫步。街头表演者拉着手风琴，走在不高的钢丝上。他们俩在一家书店里转了转，出来后朱尔给她和保罗一人买了一个棉花糖。撕下粉红色的甜蜜云朵放在口中，二人走上了威斯敏斯特桥。

保罗拉着朱尔的手，朱尔也没有反对。保罗时不时地用拇指肚轻轻抚摸着她的手腕，一股暖流蹿上朱尔的手臂，他的触摸居然这么舒服，真神奇。

威斯敏斯特桥是一座连续石拱桥，灰绿相间的石桥俯卧在河面上，桥石顶端，路灯的光芒倾泻在湍急的河水上。

“恐怖屋里最吓人的就是开膛手杰克。”保罗说，“知道为什么吗？”

“为什么？”

“首先，因为他从没被抓住。其次，有传言说他就是从这座桥上跳下去自杀的。”

“瞎扯。”

“真的。他跳下去时很有可能就站在这个地方。我在网上看到的。”

“那些都是骗人的。”朱尔说，“都没人知道开膛手杰克的真身。”

“你说得对。”保罗说，“确实是骗人的。”

他亲吻了朱尔，就在这路灯下，仿佛电影中的画面一样。石桥带着潮湿的雾气，散发着柔和的光芒。他们的衣衫在风中飘动。夜晚的冷风让朱尔打了个寒颤，保罗那温暖的手轻抚在她的脖颈上。

保罗亲吻着朱尔，就好像不能想象除了这里之外他还想待在这颗星球上的其他什么地方。这不是很好吗？这感觉不绝妙吗？就好像他知道朱尔不愿意让其他人触碰，知道朱尔只让他触碰，他就是这世界上最幸运的人。朱尔感觉，那河水仿佛就在她的血管中奔流不息。

她想和他在一起，做真正的自己。

不知道她还是不是真正的自己，还能不能做真正的自己。

不知道会不会有人喜欢上那个她。

拥吻过后，两个人默默地走着。一群人迎面朝他们走了过来，是四个年轻女子。她们喝多了，高跟鞋在桥面上踩得歪歪斜斜。“真不敢相信他们居然让我们走。”其中一个女子含混不清地抱怨道。

“他们应该跟我们谈生意才对，那些混蛋。”另一个说，她们都是约克郡口音。

“哟，这个挺可爱的。”头一个女子在十英尺外的距离看到了保罗。

“你觉得他愿不愿意跟我们去喝一杯？”

“哈！脸皮真厚。”

“我不知道啊，你去问他。”

其中一个女人叫道，“要是想乐呵乐呵的话，可爱的先生，你可以跟我们一起走。”

保罗的脸红了，“什么？”

“你来吗？”那个女人问，“就你一个。”

保罗摇了摇头。几个女子叽叽喳喳地傻笑着走远了，保罗一直目送她们下了桥，然后才又拉起了朱尔的手。

不过气氛已经不一样了。他们不知道该再说些什么了。

最后，保罗开口道，“你认识布鲁克·兰农吗？”

什么？

伊莫金的朋友布鲁克。保罗和布鲁克有什么关系？

朱尔尽量用随意的腔调说，“啊，瓦萨学院的那个，怎么了？”

“布鲁克——她几周前过世了。”保罗低下头。

“什么？哦，不。”

“我也不想当那个第一个告诉你的人。不过直到刚才我都不确定你认不认识她。”保罗说，“结果话就这么冒出来了。”

“你是怎么认识布鲁克的？”

“也不算认识。她和我妹妹是朋友，她们在夏令营认识的。”

“出了什么事？”朱尔隐藏了声音中的急切，尽管她极其迫切地想要听到保罗的说法。

“是一场事故，发生在她去旧金山城北一座公园的时候。她去城里看望在那里上大学的朋友，但他们都很忙，有其他事情之类的，所以布鲁克就去徒步了。是在白天，不过天色也不早了，慢慢就黑了下来。那是一片自然保护区。她是独自去的。她后来——从架在山谷上的栈道上摔下去了。”

“她摔下去了？”

“他们认为她可能是喝了酒。她撞到了头，直到第二天早上才被人发现。不过之前已经有动物把她的尸体——总之状况挺糟的。”

朱尔打了个寒颤。她的眼前浮现出了布鲁克·兰农的样子，还有她那响亮的、炫耀似的笑声。布鲁克，她总是喝太多酒。布鲁克，她的幽默感总是很诡异。她有一头柔顺的黄色头发，她的身形犹如海豹，她的脸上总是一副自命不凡的表情。愚蠢、漂亮、刻薄的布鲁克。“他们是怎么知道发生了什么的？”

“她从栏杆上翻了下去。也许是想爬上去看什么吧。他们在停车场找到了她的车，里面有个空的伏特加酒瓶。”

“是自杀吗？”

“不，不是的。就是起事故。今天的新闻上还播了，作为提醒观众注意安全的警示故事之类的。你也知道那些话，外出郊游请与友人同行，穿越峡谷时不要喝伏特加什么什么的。平安夜她没回家，她的家人就担心起来了。不过警方一开始以为她只是故意玩儿失踪。”

朱尔有种冷冷的、怪怪的感觉。自从来到伦敦，她就再也没有想过布鲁克。她本可以在网上搜一搜布鲁克的，但她没有。她早就把布鲁克完全清除出了自己的人生。“你们确定是事故？”

“非常可怕的事故。”保罗说，“很遗憾。”

两个人只是这么走着，又陷入了尴尬的静默。

保罗拉了拉帽子，遮住耳朵。

过了一会儿，朱尔又伸出手，握住了保罗的手。她想要触摸保罗。承认这种感情并付诸实践，感觉上是一种很勇敢的行为，比她之前打过的那些仗都要勇敢。“不想这些了。”她说，“我们既然在大洋的另一头，就好好享受这幸运吧。”

她让保罗送她回了家，在公寓楼前，保罗又亲了她。两个人在台阶上相拥在一起，互相温暖，欢快的雪花在空中飞舞。

* * *

第二天一大早保罗就出现在了公寓门前，手里还提着一个手提袋。听到电铃的响声时，朱尔只穿着睡裤和吊带背心。于是她让保罗在大厅里先等她换好衣服。

“我借了朋友在多塞特郡的房子。”保罗边说边跟着朱尔进入厨房，“我还租了辆车。周末短假有可能用到的其他所有东西都在这个袋子里。”

朱尔探着头看了看他伸出的手中握着的袋子：巧克力棒、炸土豆圈、瑞典小鱼软糖、两瓶矿泉水，还有一袋盐醋薯片。“你这里面一件衣服都没有，也没有牙刷。”

“外行人才带那些。”

朱尔笑了起来，“恶。”

“哈，好吧，我还有个背包在车里呢。不过这些才是重要的东西嘛。”保罗说，“路上还能顺便看看巨石阵。你去看过吗？”

“没有。”朱尔确实很有兴趣去看巨石阵。她曾在旧金山的一家书店里买过一本托马斯·哈代的小说，并在上面读到过有关巨石阵的内容。不过她其实什么都想看——这才是她的感觉。整个伦敦，整个英格兰，整个广阔的世界——所有那些她还没有见识过的东西她都想去看，而且要尽情享受，让自己充满力量，对，自己完全有这个资格去见证去理解外面的大千世界。

“那可是上古的神秘遗迹，所以应该挺有趣的。”保罗说，“然后等我们到住处之后，我们还可以去周边逛一逛。用走的，看草地上的羊群，或者给羊群照相，或者还能摸一摸，反正就是人们在乡下常做的那些事。”

“你这是在邀请我吗？”

“是！那边有独立卧室。一人一间的。”

他坐在厨房椅的边沿，好像不确定自己是不是受欢迎，好像觉得自己这一步迈得有点太大了。

“你现在很紧张。”朱尔有意拖延着时间。

她想要答应，但她知道自己不该答应。

“是啊，我现在紧张得要死。”

“为什么？”

保罗想了想，说：“风险太大。你的回答对我而言至关重要。”他慢慢站起来，轻轻吻了一下朱尔的脖颈一侧。朱尔倚靠在他身上，保罗微微颤抖了一下。朱尔亲吻起他那柔软的耳垂，然后是嘴唇，踮着脚尖，就在厨房。

“这算是答应了吗？”保罗轻声问。

朱尔知道自己不该去。

这主意糟透了，这种机会她早就放弃了。当你变成——她现在这个样子的时候，爱情就是首先要放弃的。非同一般，充满危险。她早就冒着极大的风险重塑了自己。

而此刻，这个男孩子就在她的厨房，提着一袋子垃圾食品和汽水，亲吻她时还会颤抖，满嘴里说着关于羊的胡话。

朱尔穿过房间，在水槽里洗了洗手。这个宇宙似乎正要赐予她某种美好而奇特的东西。机不可失，时不再来。

保罗也走了过来，并把手放在了她的肩上，动作非常、非常地轻柔，仿佛是在征求她的许可，仿佛对能够抚摸她这个事实充满敬畏。

朱尔转过身，答应了他。

* * *

巨石阵没有开放。

外面还在下雨。

除非提早预订门票，否则根本不可能靠近那些巨石。朱尔和保罗只能在开车时远远地看到一些大石头，但到达游客中心后，就什么都看不到了。

“我跟你说要看上古的神秘遗迹，结果除了停车场之外什么都没看到。”回到车上时，保罗半开玩笑似的说，其实他也真有些不开心，“我应该提前确认一下的。”

“没事的。”

“我对互联网不在行。”

“哦，别太在意了。反正我也更想去看羊。”

保罗笑了起来，“你说真的吗？”

“当然了。你能确保羊都还在吗？”

“是开玩笑的吧？我确实觉得我也不能保证羊都还在，而且我也不想再让你失望了。”

“开玩笑的。我对羊一点都不关心。”

保罗摇了摇头，“我就知道。羊可比不上巨石阵。我们得面对事实。即使是最棒的羊也绝不可能比得上巨石阵。”

“咱们吃点瑞典小鱼软糖吧。”朱尔想要让他高兴一些。

“好极了。”保罗说，“真是个好主意。”

* * *

那座房子根本不该被叫作房子。那是一座大宅，一栋建于十九世纪的豪宅。有庭院，还有带门控的前门。保罗有进门的密码。他输入密码，然后就沿着一条蜿蜒曲折的车道开了进去。

建筑的外墙是砖造的，上面爬满常青藤。另一侧是一座建在坡地上的花园，里面散落着玫瑰丛和石凳，花园一直延伸到小溪边的圆形凉亭。

保罗在口袋里翻腾着，“我把钥匙放哪儿了来着。”

雨下得更大了。两个人提着大包小包，站在门廊里。

“见鬼的，放哪儿去了？”保罗拍了拍衣服，又拍了拍裤子，然后又拍了拍衣服，“钥匙，钥匙。”他在手提袋里找，在背包里找，又跑回到车上找。

他坐在门廊里，躲着雨，把口袋里的东西一样一样全都掏了出来，然后又把手提袋里的东西也一样一样全都掏了出来，再然后是背包里的东西。

“你没带钥匙。”朱尔说。

“我没带钥匙。”

他是个骗子，是个诈骗犯。他根本不是保罗·巴亚尔塔·贝尔斯通。朱尔什么证据都没看见过。没见过他的身份证，也没看过网上的照片。唯一的凭据只是他告诉她的那些，是他的行为举止，是他对伊莫金家的了解。“你真是这些人的朋友吗？”朱尔刻意摆出一副轻描淡写的样子。

“这是我朋友尼格尔家的乡间别墅。夏天时我就在这里做客，平时都没什么人用，而且——我也知道大门的密码，不是吗？”

“我可没有怀疑你的意思。”朱尔撒了个谎。

“我们绕到后面看看厨房门有没有开吧。厨房外有个菜园，从——从有菜园存在起就有了。”保罗说，“我觉得专业的说法应该是‘往日时光’。”

他们俩把外套顶在头上冲进雨中，一路上不时踩进水坑，笑得开心无比。

保罗晃了晃把手，厨房门也是锁着的。他四下查看了一番，想要在石头底下之类的地方找到备用的钥匙，朱尔则在伞下缩成一团。

她拿出手机，搜索了保罗的名字，想要找张照片。

唷。保罗·巴亚尔塔·贝尔斯通确实是保罗·巴亚尔塔·贝尔斯通。网上有他在慈善募捐晚会上的照片，就站在他父母身旁，即使是在这种男士们显然都要系领带的场合也没有系领带。还有他和其他人一起踢球的照片。还有高中毕业照，满嘴牙套，发型也很糟，发图的是个老祖母，还连发了三遍。

朱尔确实很高兴他就是保罗，不是什么骗子。她喜欢他的为人。他的身份是真实的，这很好，朱尔可以真心地相信他。不过保罗有很多事也是她永远都不会知道的，那么多的过往，有些永远都不会告诉她。

保罗放弃了寻找钥匙的努力，他的头发都湿透了。“窗户上有报警器。”他说，“看来是没指望了。”

“我们该怎么办？”

“我们还是到凉亭里亲热一会儿吧。”保罗说。

* * *

雨一点停的意思都没有。

两个人穿着湿衣服一路开回伦敦，中途在一个酒馆吃了点油炸食品。

保罗把朱尔送到了家门口。他没有亲她，而是伸手握住了朱尔的手。“我喜欢你。”他说，“我想——我觉得我表现得应该已经很清楚了吧？不过我还是想要说一下。”

“我也喜欢你。”朱尔回答。她喜欢自己和他在一起。

可是和他在一起的并不是她自己。她也不知道这算是什么，不知道保罗喜欢的到底是谁。

也许是小伊，也许是朱尔。

她也不再清楚这两个人之间的界限应该是在什么地方了。朱尔的身上也会散发茉莉的香味，就像伊莫金一样；朱尔说话的腔调像伊莫金，喜欢的书也是伊莫金喜欢的。这都是事实。朱尔也是个孤儿，是个很自我的人，是个拥有谜一般过往的人，都和小伊一样。伊莫金的很多部分已经融入了朱尔，她这么觉得，朱尔的很多部分也融入了伊莫金。

可是保罗还以为帕蒂和吉尔是她的父母，以为她和已经不在人世的布鲁克·兰农是同学，以为她是犹太人，以为她很有钱，以为她在伦敦有间公寓。这些谎言也是保罗喜欢的那个人的一部分，所以根本没有办法告诉他实情。就算朱尔说了，保罗也会因为她之前的谎言而恨她。

“我们不能再见面了。”朱尔对他说。

“你说什么？”

“我们不能再见面了。不能再像这样。”

“为什么不能？”

“不能就是不能。”

“你有别的朋友了？别的约会对象？给我发个号，或者排个队之类的都行。”

“不是。是。不是。”

“到底是什么？我还能让你回心转意吗？”

“我现在不行。”她本可以告诉保罗她有别的对象了，但她不想再对保罗撒谎。

“为什么不行？”

朱尔打开车门，“我没心没肺。”

“等一下。”

“不行。”

“求你了。”

“我得走了。”

“是因为过得不顺心吗？我是说，除了下雨，没看到巨石阵，没住乡间别墅也没有羊之外？除了今天过得简直一团糟之外？”

朱尔想要待在车里不走，想要用自己的指尖抚摸保罗的嘴唇，想要沉浸在小伊的身份中，想要让谎言就这么彼此堆砌。

可这行不通。

“你他妈的别管我，保罗。”朱尔忽然叫道。她一把推开车门，踏进到了倾泻的雨水中。

* * *

几周的时光转瞬而过。朱尔还是将眉毛修得细薄。她到处买衣服，不断地买衣服，都是些价值不菲的可爱玩意儿。因为有公寓厨房，她买了烹饪书，不过书上的东西她从没实践过。她去看芭蕾舞剧，看歌剧，看话剧。历史遗迹、博物馆、著名建筑，所有地方她都去参观。她还在波托贝洛路买了古玩。

一天深夜，福瑞斯特出现在公寓。他本该待在美国的。

透过猫眼看到福瑞斯特，朱尔强压下心头的惊恐。她想要打开窗户顺着排水管爬到屋顶上去，然后跳到旁边的楼顶上，说实话，只要不在家里就行。她想要赶紧把眉毛改回去，把发型改回去，把装束改回去，把——

福瑞斯特又按响了电铃。朱尔决定还是先摘掉那些戒指，脱掉身上的长裙，换上慢跑鞋和 T 恤。她站在门后，提醒自己，她早就知道福瑞斯特早晚会来的。这可是小伊的公寓，但她早有计策。她搞得定福瑞斯特。她打开了门。

“福瑞斯特。真是个惊喜啊。”

“朱尔。”

“你看上去精神不大好啊。没事吧？进来吧。”

福瑞斯特提着一个周末旅行包。朱尔把包接过来拿进了公寓。

“我刚从飞机上下来。”福瑞斯特边说边揉了揉下巴，他眯缝起戴着眼镜的眼睛，四下打量。

“你从希斯罗打车过来的？”

“嗯。”他冷冷地看了朱尔一眼,“你怎么在这儿？在伊莫金的公寓？”

“我在这儿小住几天。她把钥匙给我了。”

“她在哪儿？我要见她。”

“她昨天晚上没回来。你是怎么找到这儿的？”

“索科洛夫夫人给了我地址。”福瑞斯特有些尴尬地低下头，“我刚坐了很长时间的飞机，能不能给我杯水？”

朱尔把他领到厨房，给他接了杯水，没有放冰。台子上放着一碗柠檬，因为她觉得这样才符合她心目中这套公寓该有的样子。不过橱柜和冰箱里储藏的东西没有一样是伊莫金会买的。朱尔吃的是加了盐和糖的花生酱，还有巧克力棒跟香肠。但愿福瑞斯特不会问她要东西吃。

“再问一遍，小伊在哪儿？”福瑞斯特问。

“我说过了，她不在这儿。”

“可是朱尔——”福瑞斯特一把抓住朱尔的胳膊，朱尔忽然有些害怕，福瑞斯特透过衣料传来的握力让她有些害怕，尽管福瑞斯特看起来就是一副手无缚鸡之力的样子。“不在这里又会在哪里？”他一字一顿地说。朱尔很讨厌他这么紧贴过来的感觉。

“你他妈的不许碰我。”朱尔对他说，“绝不可以，明白？”

福瑞斯特松开手，回到起居室，问都没问一声就一屁股陷进了沙发，“我觉得你知道她在哪儿，就这样。”

“可能去巴黎过周末了吧。经过海峡隧道很快就能到。”

“巴黎吗？”

“我猜的。”

“她跟你说让你不要告诉我她的行踪？”

“没有。我们都不知道你会来。”

福瑞斯特陷回到沙发中，“我得见见她。我给她发了信息，不过她可能把我给拉黑了。”

“她换了英国电话，号码不一样。”

“她也不回我的电邮，所以我才大老远跑过来。我想跟她谈谈。”

朱尔去泡了两杯茶，福瑞斯特则在打电话订酒店。他足足打了十二通电话后，才找到一家现在就有空房间的可以让他预订几晚的酒店。

他可真是自我感觉良好，居然以为伊莫金会留他住下。

13

2016 年 12 月中旬

加利福尼亚州，旧金山市

距离前往伦敦还有两天，朱尔徒步行走在旧金山的山坡上，背包里还背着一个沉重的狮子像。

她喜欢旧金山。这里就跟小伊描述的样子一样，遍布丘陵，古朴稚拙，同时又广袤无垠，风光秀雅。今天，在房东的强烈推荐下，朱尔去看了亚洲艺术博物馆的陶瓷展。

她的房东麦迪·钟大概五十多岁，身材瘦削，是个女同志。钟女士总是穿着一身牛仔，喜欢躺在阳台上抽烟，名下还有一家小书店。公寓位于一栋维多利亚式楼房的顶楼，朱尔按周用现金付租。麦迪和她的夫人住底下的两层。她人很好，似乎觉得朱尔需要别人的善意关怀，于是总是跟朱尔讲艺术史和各种展览。

今天，朱尔刚到家，就看到布鲁克·兰农坐在台阶上。她是小伊在瓦萨学院的朋友，“我来早了。”布鲁克说，“不过也无所谓。”

布鲁克头天将敞篷车停在了楼前，她是过来取车的，不过朱尔提前给她发了信息，邀她再上来坐坐。

布鲁克大腿丰满，下巴方正，一头柔顺的金发什么时候都是那副样子。她的皮肤很白，再搭上裸色唇彩，整个人很有运动风。布鲁克是在拉霍亚长大的。她经常喝酒，高中时是曲棍球队的队员。整个高中时代，她交过一系列的男朋友，还有一个女朋友，但从来没有与谁相爱过。朱尔对她只有这么多的了解，而这一切都是在玛莎葡萄园岛时知道的。

布鲁克站了起来，差点摔了一跤。

“你没事吧？”朱尔问。

“没什么大不了的。”

“又喝酒了？”

“喝。”布鲁克说，“又能怎么样？”

天色渐晚。

“咱们开车出去转转吧。”朱尔说，“顺便聊聊。”

“开车？”

“多好啊，你的车这么可爱。钥匙给我吧。”这车就是老男人买来让自己觉得自己依然性感的那种货色。坐垫是驼色的，亮绿色的流线型车身。朱尔不由得想到，不知道这车是不是布鲁克老爸的。“你喝了酒，我可不能让你开。”

“你是谁？警察吗？”

“不算是。”

“间谍？”

“布鲁克。”

“说真的，你是吗？”

“这个问题我不能回答。”

“哈。只有真的间谍才会这么说。”

朱尔说什么不说什么对布鲁克来说都无所谓。“我们去徒步吧。”朱尔说，“我知道国家公园里有个地方。我们可以开过金门桥，那里风景美得很。”

布鲁克在口袋里翻腾起了车钥匙，“有一点晚了。”

“你看。”朱尔说，“关于小伊我们有点误会，我很高兴你能来。咱们就找个中立地儿把话都说清楚吧。在我的公寓可能不太合适。”

“我不确定想不想跟你谈。”

“你来早了。”朱尔说，“这说明你想谈。”

“好吧。我们把话都说清楚，一笑泯恩仇之类的。”布鲁克说，“这样小伊会高兴的。”她递过钥匙。

人喝多了真的会变蠢。

* * *

此时距离圣诞节还有两天，开敞篷车有点太冷了，不过布鲁克还是没有把车篷升起来，她坚持要这样。朱尔穿着牛仔裤、靴子和保暖的羊毛衫，她的背包放在后车厢，里面装着她的钱包、一件替换的毛衣、一件干净的 T 恤、一个广口水瓶、一包婴儿湿巾、一个黑色垃圾袋，还有一尊狮子的雕像。

布鲁克从单肩包中取出半瓶伏特加，但并没有喝。她差不多一上车就睡了过去。

朱尔开车穿过城区。到达金门大桥时，她已经坐立不安了起来。一路开车这么安静太让人不舒服了。她推了推布鲁克。“到大桥了。”她说，“看。”橙色的大桥在上方光芒四射，非常雄伟。

“大家都喜欢在这座桥上自杀。”布鲁克咕哝道。

“什么？”

“世界第二大自杀名桥。”布鲁克说，“我在哪儿看到过来着。”

“第一大是哪里？”

“长江上的一座桥，名字忘了。我喜欢看这类东西。”布鲁克说，“大家都觉得这么死够诗意，纵身跃桥而下，所以才会这么做。再说，这么说吧，在浴缸里放血而死实在是太难看了。要流干一池子血，你该穿成啥样儿干这种事儿？”

“什么都不穿。”

“你怎么知道？”

“我就是知道。”朱尔真希望自己没搭布鲁克的这个话茬儿。

“我死的时候可不想让人看到我的裸体！”布鲁克对着金门桥下的虚空吼道，“可我也不想在浴缸里穿衣服，太尴尬了！”

朱尔没有搭腔。

“总之啊，他们现在开始建围栏了，这样大家就跳不了了。”布鲁克继续道，“不能从金门桥上跳。”

她们开过金门桥，朝公园的方向拐去，两个人没有再说什么。

终于，布鲁克又开口道：“我真不该提那一茬儿。我不想让你多想。”

“我没多想。”

“你可别自杀。”布鲁克说。

“我不会自杀的。”

“我是以朋友的身份跟你说的，明白不？你这人有点不对劲。”

朱尔没有回答。

“我成长的环境里可都是心理正常、情绪稳定的人。”布鲁克继续道，“我家人一天到晚都很正常。正常到我都想把眼睛戳瞎。所以我也算是个专家。至于你？你可不正常。你应该找个人给你看看，我就是这个意思。”

“你所谓的正常就是坐拥一大坨金钱。”

“我不是那个意思。薇薇安·阿布罗莫维茨拿全额奖学金上瓦萨学院，她也挺正常的，那个巫婆。”

“你以为正常就是想要什么就总是能得到。”朱尔说，“就是一切都很容易。但事实并不是这样的。绝大多数人都不能，嗯，甚至从来都不能得到他们想要的。大门会直接甩到他们脸上。他们必须时刻努力。他们不像你这样生活在仙境乐土，拥有双座小车，牙齿整齐，穿着貂皮，想去意大利旅行说走就能走。”

“看。”布鲁克说，“你正好证明了我的观点。”

“什么意思？”

“正常人是不会这么说话的。你和小伊多少年没见了，重新进入她的生活没几天，就搬进了她家，借她的东西，在她妈的游泳池里畅游，理发钱都让她付。你也上了那了不得的斯坦福，结果呢，啊呀呀，你的奖学金没了，不过可别说得就好像你是那见鬼的百分之九十九的劳苦大众的代言人一样。可没人拿门甩过你的脸，朱尔。而且，现在也没什么人穿貂皮了，清醒点吧，这都不符合现在的伦理道德。我是说，谁家的老奶奶可能还会穿，可普通人是绝不会的。而且我可从来没有对你的牙说三道四过。啧啧啧，你得学学放松自己，做个真正的人类，如果你还想交到真心朋友，而不是光指望别人容忍你的话。”

后半程车上两个人再没说过一句话。

* * *

停好车后，朱尔从后车厢取出背包，并从牛仔裤口袋中拿出手套戴上。“手机就放车厢里吧。”她说。

布鲁克盯着她看了好一会儿。“嗯，好吧。拥抱大自然。”她口齿不清地说。两个人锁好手机后，朱尔把车钥匙装了起来。她们又查看了一下停车场旁的示意图，登山路线被用几种不同的颜色标了出来。

“我们去观景台吧。”朱尔指了指蓝色的路线，“那边我以前去过。”

“随便了。”布鲁克说。

那是一条四英里长的环形线路。天气很冷，而且是圣诞节前后，公园里几乎没有什么人。走不动了的孩子们不是在哼哼唧唧就是被父母抱着。走上预定的上山路线后，周围就没有别人了。

朱尔感觉自己的脉搏在逐渐加快。她在前面带路。

“你对伊莫金有感觉。”布鲁克打破了沉默，“可别觉得你有多特别。人人都对伊莫金有感觉。”

“她是我最好的朋友。这可不是什么简单的感觉。”朱尔说。

“她可不是谁的最好的朋友。她就是个专门让别人心碎的家伙。”

“别对她这么刻薄。你就是气她不回你短信。”

“她回我短信了。这不是重点。”布鲁克说，“你听着，大一刚交朋友的时候，小伊总是在我宿舍：早上课前给我带拿铁，拽着我去看正在上映的电影，过来借我的耳钉，还给我带金鱼饼干，就因为她知道我喜欢吃。”

朱尔没说什么。

小伊也拽着她去看过电影，给她买过巧克力。两个人住在一起的时候，小伊也一大早给她买咖啡送到床前。

布鲁克继续道，“每周二四她都会过来，因为我们俩一早有意大利语课。一开始我都还睡着呢，她会一直等我穿好衣服。我室友叽叽歪歪了好半天，就因为小伊来得太早了，所以我就开始拿手机设闹铃，赶在小伊来之前在门外等她。

“然后有一天，她忽然不来了。那是十一月初的时候吧我记得。你猜怎么着？之后她就再也不来了。再也不给我带拿铁，也不拽着我去看电影。她换上薇薇安·阿布罗莫维茨了。然后你猜怎么着？我本来可以就像个小学生一样，朱尔。我可以发飙，就比方，哦，我好可怜，因为你只能有一个最好的朋友什么狗屁的。但我没有，我对她们俩都很好，所以我们三个都是朋友，这没什么。”

“OK。”

朱尔讨厌这个故事。还有一件事让她讨厌：之前她居然就没有发现，薇薇安和布鲁克互相看不顺眼都是因为伊莫金。

布鲁克继续道，“我想说的是，伊莫金后来也打碎了薇薇安的小心脏，再之后就是艾萨克·图珀曼的。和艾萨克约会的时候，她一路也没忘勾引其他那些小伙子，而艾萨克呢，自然嫉妒得要死，还没安全感。艾萨克提出分手的时候小伊还吃了一惊——可她又能指望什么呢？勾三搭四的时候怎么没想着？她总想知道别人在她面前会不会失去冷静迷上她。你猜怎么着？你就完全掉进了她的路数，还有大学里其他好多人都是。伊莫金就喜欢这样，这让她感觉自己不一般，感觉自己很性感，不过之后你们就做不成朋友了。唯一的破解之法就是，你要证明自己更强。让伊莫金知道你至少和她一样强，甚至比她还强。这样她就会敬重你，你们才能在一起。”

朱尔没有说话，这可是艾萨克·图珀曼那个故事的一个全新版本。布朗克斯的艾萨克，科茨和莫里森，伊莫金自行车上的诗句，可能怀了孕。小伊有没有睁大眼睛一脸崇敬地看过他？她对他肯定是先迷恋后幻灭——不过肯定是在艾萨克甩了她之后。小伊不大可能先迈出这一步。

不过，忽然间，这一切又变得可能了。朱尔忽然觉得，一切都是那么显而易见，伊莫金——那个在图珀曼的智慧和阳刚照耀之下自觉浅薄不入流的伊莫金——肯定会通过主动背叛来让自己变得比他更强，更有力量。

两个人穿过树丛，太阳开始西沉。

路上别无他人。

“你想变得像小伊一样，那就像她吧。无所谓。”布鲁克说。两人走上一座跨越峡谷的木道。前方是通往瞭望塔的木制台阶，塔上可以俯瞰整个深谷和周围的山色。“不过你并不是伊莫金，这你明白的吧？”

“我知道我不是伊莫金。”

“我可不确定你是不是真知道。”布鲁克说。

“这不关你的事。”

“万一我觉得关我的事呢？万一我觉得你精神不稳定，最好还是让你远离小伊，去找个人看看你的心理问题呢？”

“告诉我，我们为什么要来这儿？”朱尔站在布鲁克上方的台阶上问。

下面就是万丈深渊。

太阳就要落下了。

“我们为什么要来这儿，我在问你话呢。”朱尔说。她的声音很轻，边说还边从肩上卸下背包，好像要从里面拿瓶水。

“我们来把话说清楚，你之前说过的。我想让你不要再染指小伊的生活，不要再靠她的信托基金养活自己，不要让她无视她的朋友，反正就是那些你正在做的事。”

“我问你的是，我们为什么要来这儿。”朱尔边说边弯下腰在包里翻找。

布鲁克耸耸肩，“你说这个地方？这个公园？你开车拉我俩过来的。”

“对。”

* * *

朱尔掂了掂装着狮子像的包装袋，那是她从亚洲艺术博物馆买的。她猛地一挥，使劲砸向布鲁克的前额，可怕的碎裂声传来。

雕像完好无损。

布鲁克的头向后一仰，踩在木道上的步子踉跄了起来。

朱尔上前一步又一下击打，这次是从侧面。鲜血从布鲁克的脑袋上喷涌而出，溅了朱尔一脸。

布鲁克倒在栏杆上，双手紧抓着木栏。

朱尔扔下雕像，走到布鲁克身旁蹲下，从膝盖处抱住布鲁克。布鲁克使劲踢打，踢中了朱尔的肩膀。她乱挥着双手想要重新抓住栏杆，脚下也踢得更使劲了，朱尔的肩膀忽然一耸，脱臼了，一阵剧痛。

妈的。

朱尔只觉得眼前一片惨白，布鲁克挣脱开来。左臂耷拉着动不了，朱尔只能紧锁右臂猛砸布鲁克的前臂下侧，迫使布鲁克松开栏杆，然后再俯身蹲下，摸到布鲁克那在地上乱蹬的双腿，抓住，用完好的那侧肩膀从下侧顶住布鲁克的身体，将她顶了过去。

一切都安静了。

布鲁克柔顺的金发飘散而去。

一声闷响，是她的身体撞上了树冠，又一声闷响，这次是撞到谷底的石头。

朱尔从栏杆上探出身子，一片葱绿中，根本看不到尸体的所在。

她环顾四周，路上依旧空无一人。

她的肩膀脱臼了，很疼，让她无法正常思考。

她没料到自己会受伤。要是一侧手臂不能动，她的麻烦就大了。布鲁克死了，血溅得到处都是，她得把衣服换掉，必须马上。

朱尔强迫自己冷静，深呼吸，集中注意力。

她用右手握住左手腕，沿着 J 字形的方向将左臂向身体外侧猛拉。一次，两次——天呐，好疼——不过第三次的时候，左肩膀接了回去。

疼痛停止了。

朱尔看别人这么做过一次，那是在一座武馆的时候。她还专门问了那人具体的操作方法。

这下好了。她看了看身上的毛衣，上面满是血渍。她脱掉毛衣，下面的 T 恤也湿了。她又扯掉 T 恤，用干净的边角擦了擦手和脸，然后脱掉手套，从包里取出婴儿湿巾，把自己身上擦干净——胸前、手臂、脖子、双手——冬日的寒风让她颤抖不已。她将浸满血渍的衣物装进黑色垃圾袋，系紧，然后将所有东西都装进背包。

她换上干净的 T 恤，穿好干净的毛衣。

装狮子像的袋子上也有血。

她拿出雕像，将袋子翻了个面，然后将雕像装回包里，把袋子塞进广口瓶。

她用湿巾擦干净行道上的血滴，然后把所有垃圾也都塞进了水瓶。

她环顾四周。

路上空无一人。

朱尔小心翼翼地摸了摸肩膀。没事。她又用湿巾擦洗了自己的脸、耳朵和头发，足足四遍，边擦边暗叹自己怎么忘了带一面化妆镜。她从桥上探出身子，看向谷底。

没有布鲁克的影子。

她沿原路走了回去，一路上感觉自己可以就这么一直走下去，永远也不会觉得累。直到经过出入口处的四名工作人员之前，她一个人都没遇到。那四名工作人员都戴着圣诞老人的帽子，拿着手电筒，正准备沿标着黄色的路线上去巡逻。

走到车旁时，朱尔停了下来。

车就应该停在这儿。要是她把车开到别处，那么别人在山谷里发现布鲁克的尸体时就说不通了。

她小心翼翼地进到车里，取出湿巾，擦了擦手刹，然后又停了下来。

不对，不对。这计划不对。之前怎么就没想到呢？要是车里一枚指纹都没有，那看上去就太不正常了。车里应该有布鲁克的指纹。手刹上没有，会让人觉得很奇怪。

想想，好好想想。那瓶伏特加还倒在副驾驶席的地面上，她隔着湿巾拿起酒瓶，拧开瓶盖，倒了点酒到手刹上，做出一副不小心洒上的样子。也许这样没有指纹就说得通了。她不知道犯罪鉴证科是怎么看待这类物证的。事实上，她根本不知道他们是如何搜证的。

该死。

她从车上下来，强迫自己理智思考。她的指纹并不在任何政府档案中。她没有犯罪记录。警察应该会得出结论，这辆车还有其他人开过，如果他们调查的话——但他们不会知道开车的是朱尔。

没有任何证据证明，一个叫朱尔·韦斯特·威廉姆斯的人曾经来过旧金山，并在这里住过。

她打开后车厢，取出布鲁克的手机和她自己的，然后——仍然颤抖着——锁好车，离开。

晚上很冷，为了让自己暖和起来，朱尔走得很快。从公园走出一英里后，她就感觉镇静多了。她把广口瓶扔进了路边的一个垃圾桶。又走出一段后，她将装着血衣的垃圾袋塞进了一个垃圾箱的底部。

然后继续前进。

夜空下的金门桥光芒万丈。桥下的朱尔无比渺小，但感觉却好像有束聚光灯光束正照在她身上。她把布鲁克的车钥匙和手机都从桥上扔进了水中。

她的生活就是一场电影。街灯下的朱尔看起来卓尔不群。激战过后，她的脸颊一片潮红，瘀青在衣服里的皮肤上形成，但发型完美。哦，还有，她的着装非常可人。对，她确实很暴力，甚至也很残忍。但那只是工作，而且她干得心应手，这就更显得性感了。

一轮新月下，寒风阵阵，朱尔猛吸了几口冷气，动作英雄生涯的光荣，痛苦与美丽呼之欲出。

回到公寓，她从背包里取出狮子像，倒上漂白剂，然后用淋浴器不断冲洗，擦干，最后摆在壁炉架上。

伊莫金一定会喜欢这座雕像。她爱猫。

* * *

朱尔买了张从俄勒冈州波特兰市飞往伦敦的机票，用的是伊莫金的名字。然后就叫了辆出租车去汽车站。

到站后才发现，晚上九点的班车刚刚错过。下一班要等到第二天早上七点。

朱尔决定就在这里等，过去几个小时里飙高的肾上腺素水平渐渐跌落了下来。她从自动售货机上买了三包 M&M 花生豆，坐在自己的行李上，疲倦与恐惧忽然席卷而来。

大厅里只有几个人，他们都是在这里过夜的。朱尔含着花生豆，好让那味道持续的时间长一些。她想要看书，但又集中不了注意力。二十五分钟后，一个喝多了酒睡在长凳上的男人醒了过来，大声歌唱了起来：

上帝赐予你快乐，先生们，

让万事充满希望，无事令你惊慌

请记得基督，我们的救世主
诞生于圣诞节
为从撒旦的力量下挽救我们所有人
在我们误入歧途之时。

朱尔知道，她已经深陷在所谓的歧途了。她刚刚在预谋之下用非常残忍的手段杀掉了一个大嘴巴蠢女人。绝不会有什么救世主把她从让她作出此等行径的什么玩意儿手中拯救。她从来就没有什么救主。

就这样了。没有回头路。十二月二十三日，寒冷刺骨的汽车站，独自一人，一边听酒鬼歌唱，一边用车票的拐角刮干净指甲缝里某人的血迹。其他人，那些好人，都在烤着姜饼，吃着薄荷糖，打包着礼物。宴后，他们争吵，打扫，安装圣诞装饰，醉心于美酒，沉湎于积极向上的老电影之中。

而朱尔就在这里。她只配这冰冷与孤独，这醉鬼与垃圾，还有那成千上万更可怕的惩罚折磨。

钟表的指针转了一圈。午夜时分，平安夜正式降临。朱尔从售货机上买了杯热巧克力。

喝下之后，整个人都感觉暖和了些。她鼓励自己不要绝望。毕竟，她是个勇敢、聪明、强有力的人。整件事完成得非常高效，甚至还有些格调。她犯下了谋杀罪，用一个狗屁大猫的雕像，在一座风景秀丽的国家公园可以俯瞰壮丽山谷的木道上。一个目击者都没有。一滴血都没有留下。

杀掉布鲁克是自我防卫。

人应该保护自己。这是人类的本性，而且朱尔接受了多年的训练，好让自己在这方面出类拔萃。今天的事情证明，她在这个方面比她自己期望的还要优秀。她棒极了，事实上，可以说就是一个战斗变异体，一个超级生物。金刚狼他妈的可不会为被他用爪子撕破喉咙的人哀悼。金刚狼杀人总是出于自卫，或是为了某种高尚的理由。杰森·伯恩也是，还有邦德，他们所有人都是。英雄才不会想什么姜饼、礼物、薄荷糖。朱尔也不会，又不是再也得不到这些东西了。根本没什么好哀叹的。

上帝赐予你快乐，先生们，

让万事充满希望，无事令你惊慌……

醉汉又唱了起来。

“趁我捏死你之前给我闭嘴！”朱尔对他叫道。

歌声停止了。

她把最后一点巧克力倒进口中。不会再去想什么歧途了，也不会再感到愧疚，她要沿着这条动作英雄的道路一路前行，斗志昂扬。

十二月二十四日，朱尔·韦斯特·威廉姆斯坐了十九个小时的长途汽车，在圣诞节当天的清晨到达俄勒冈州波特兰市，并在机场酒店安然入睡。早上十一点，她来到机场，办理了行李托运。飞机是晚上的，商务舱。她在美食广场吃了个汉堡，又买了些书，然后给自己喷上了在免税店买的香水，那种香型她从没试过。

12

2016 年 11 月中旬

旧金山

徒步之前的那天，朱尔接到了布鲁克的电话。“你在哪儿呢？”布鲁克一声问候都没有就叫了起来，“你见小伊了吗？”

“没有。”朱尔刚刚运动完。正坐在海特－阿什伯里健身中心外的长凳上。

“我给她发了 n 条短信，可她一条都不回我。”布鲁克说，“Snapchat 和 Instagram 也不在线。我都快要爆发了，所以就打给你，看看你知不知道什么情况。”

“小伊谁的电话都不接。”朱尔说。

“你在哪儿呢？”

朱尔觉得没有什么必要说谎，“旧金山。”

“你也在这儿？”

“等一下，你也在这儿？”拉霍亚，那才是布鲁克应该在的地方，距离旧金山八小时车程。

“我有几个高中同学在旧金山上大学，所以我就订了家酒店过来玩。结果直到今天他们每个人都有工作啊，考试啊之类的事情。本来今天要约契普·勒普顿的，丫的又放我鸽子。我都在，呃，一屋子死蛇里等了他半天了臭小子才发了个短信。”

“死蛇？”

“唉。”布鲁克哀叹道，“我在科学院博物馆呢，该死的勒普顿说他想看两栖爬行动物展，要不是想脱了他的裤子我才不会答应呢。小伊跟你在旧金山吗？”

“没有。”

“那什么光明节到底是什么时候？她是回家过节了吗？”

“就是现在。她才不会回家过节呢。可能是去孟买了吧，我猜的。”

“好吧。那你过来吧？既然也在城里。”

“去看死蛇吗？”

“是啊，天，我都快无聊死了。你离得远吗？”

“我还——”

“可别说你还有什么事要做。我们要继续给小伊发短信，强迫她回到我们身边。她在孟买有电话吗？没有的话我们就发电邮。到爬虫馆来找我。”布鲁克说，“得先预约，我把号码发给你。”

* * *

朱尔想见识所有。她还没去过科学院博物馆，而且她也想弄清楚布鲁克对伊莫金离开玛莎葡萄园岛后的生活知道多少，于是就叫了辆出租车。

科学院博物馆是一座自然历史博物馆，里面到处都是恐龙化石和动物标本。“我预约了两点钟。”朱尔对爬虫馆前的管理员说。

“请出示身份证件。”

朱尔拿出瓦萨学院的学生证，管理员看过后示意她可以进去。

“我们这里有来自一百六十六个国家的超过三十万件标本。”管理员说，“祝你今天参观愉快。”

展品收藏在一系列展厅中，给人的感觉半像图书馆，半像储藏间。架子上放满了玻璃瓶，里面浸泡着各种动物：蛇、蜥蜴、蟾蜍，还有好多朱尔也认不出来的生物。每一件上都有精心制作的说明牌。

朱尔知道布鲁克正在等她，但她并没有发信息说自己已经到了。相反，她沿着走廊慢慢地走着，尽量不弄出一点声音。

她一边走一边在心里默记自己看到的那些名字，Xenopus laevis，非洲爪蟾；Crotalus cerastes，响尾蛇；Crotalus ruber，红钻响尾蛇。毒蛇、蝾螈、稀有的青蛙，只有遥远的岛屿上才有的小蛇，所有名字一个个都记在心里。

毒蛇盘成圈，悬浮在浑浊的液体中。朱尔把手伸到它们的毒牙对着的位置，感受那刺过身体瞬间的惊惧。

转过一个拐角后，她看到了正坐在走廊旁边地板上的布鲁克。布鲁克正盯着底层架子上一只大块头的黄色青蛙。

“等得我花儿都要谢了。”布鲁克说。

“我被那些蛇给迷住了。”朱尔说，“它们看上去好强大。”

“它们一点都不强大。它们都死了。”布鲁克说，“它们都，嗯，在瓶子里蜷成一团，没人爱它们。天呐，要是你死后你的亲戚们也，嗯，把你泡着福尔马林装在大瓶子里那就太郁闷了。”

“它们都有毒。”朱尔还在想着那些毒蛇，“有些能杀掉比它们大三十倍的动物。体内有那么强大的武器，你不觉得很神奇吗？”

“它们都丑出翔了。”布鲁克说，“一点价值都没有。不说了。我都快恶心死这些爬虫了。去喝杯咖啡吧。”

小吃店里有小杯苦咖啡和意大利冰激凌供应。布鲁克告诉朱尔要点香草冰激凌，然后两个人都把苦咖啡倒在了盘子里的冰激凌上。

“这种吃法还有个名字。”布鲁克说，“不过我在意大利的时候没注意听。我们是在一个广场旁边的小店里吃的。我妈一直在叨叨广场的历史，我爸张嘴闭嘴都是‘咱们好好练练意大利语！’可我妹和我都快无聊死了。整个旅程中我们都无聊得要死。我们俩一路上都翻着白眼儿，不过——基本上每次都是——只要吃的一端上来，我们就，米西米西米西。你去过意大利吗？那边的意面你都想不到有多好吃。我敢跟你发誓，简直好吃到犯罪。”她拿起杯子，喝掉了最后一点咖啡。“晚上我去你家里吃晚饭。”她宣布道。

她们还没有提过伊莫金，所以朱尔说可以。

* * *

两个人买了香肠、意面和红酱。布鲁克的后车厢里有一瓶红酒。进入公寓后，朱尔趁布鲁克东张西望的空档把那一摞信件都翻了过来塞进了抽屉，然后把她的钱包也收了起来。

“环境不错。”布鲁克指了指刺猬枕头和装满漂亮彩色玻璃珠跟水钻的玻璃罐。她看了看绘有图案的桌布、红色的厨房柜、用来装饰的雕像，还有前任住客的图书，然后又打开橱柜，拿了口锅盛上水准备热意面，“你还缺棵圣诞树。”她说，“等一下，你是犹太人吗？不对，你不是的。”

“我什么都不是。”

“每个人都是点什么的。”

“我没有。”

“别扯了，朱尔。你就说我吧，我妈这边是宾州荷兰裔，我爸这边是爱尔兰天主教徒外加古巴血统。这并不是说我就是个基督徒，但这意味着每到平安夜我就得开车回家假装全神贯注地参加午夜弥撒。你呢？”

“我什么节都不过。”朱尔希望布鲁克不要再深究下去了。这个问题她还没有准备好答案。她还没有找到能和她的原初英雄故事合拍的宗教背景。

“呃，那可真他妈可悲。”布鲁克边说边开了红酒，“跟我说说小伊都去了哪儿。”

“她和我一起来的这儿。”朱尔说，“不过只待了一周，然后她说要去巴黎，道别后没多久，我就收到她的信息，说巴黎就是个和纽约差不多的城市，她要去孟买，要么就是开罗。”

“我知道她没回家，因为她老妈又给我发邮件了。”布鲁克说，“哦，我也知道她和福瑞斯特分手了。她在短信上说福瑞斯特就跟个哭丧猫似的，能摆脱他让她松了口气，不过到底是怎么回事她没说。清洁工的事儿她跟你谈了吗？”

这正是朱尔想聊的话题，但她知道自己必须谨慎行事，“说了一点儿，她是怎么跟你说的？”

“我离开葡萄园岛之后的第二天她就给我打了电话，说这都是她的错，还说她正要和你逃到波多黎各去疗伤。”布鲁克说。

“我们没去波多黎各。”朱尔说，“我们来了这儿。”

“我真他妈的讨厌她那套遮遮掩掩的玩意儿。”布鲁克说，“我爱她，可她老是，嗯，天马行空还神神秘秘的。太讨厌了。”

朱尔想替伊莫金辩护几句，“她就是想要做她自己，不要总是讨好别人而已。”

“呵呵，说实话，她要是能稍微使点劲儿去讨好一下别人我是一点都不会介意的。”布鲁克说，“其实啊，她他妈的可得多使点儿劲儿了。”

布鲁克走到电视机前，似乎觉得对伊莫金·索科洛夫这个话题已经没有什么好说的了。她换了几个台，最后找到一部刚刚开演的贝蒂·戴维斯的老片。“咱们就看这个吧。”她边说边给自己又倒了杯酒，然后端出意面。

两个人看着电影。那是一部黑白片，每个人都穿着华丽的服饰，但对彼此一点好脸色都没有。一小时后，外面响起了敲门声。

是麦迪，公寓的房东。“我得开一下你们浴室水池的水龙头。”她说，

“管子工在下面，他想让我帮忙确认一下为什么会堵。”

“能等会儿吗？”朱尔问。

“他现在就在我家呢。”麦迪说，“就一分钟，你们都不会注意到我来过。”

朱尔看了布鲁克一眼。布鲁克正把脚搭在桌子上看着电视。“进来吧。”

“谢谢，真是个好姑娘。”朱尔跟着麦迪进了浴室，看着房东搬弄起了水龙头。“应该是可以了。”麦迪边说边朝外走，“我去看看我那边水池是不是又返水了。但愿不用我再上来。”

“谢谢。”朱尔说。

“不，谢谢你，伊莫金，很抱歉晚上打扰了你。”

该死。

该死。

麦迪关上了门。

布鲁克关上了电视，手里正拿着手机。“她刚说什么来着？”

“你该回去了。”朱尔说，“你喝了不少，我给你叫车。”

* * *

朱尔一直跟布鲁克有一句没一句地闲聊着，直到把布鲁克送上车。出租车刚一开走，小伊的手机就在她口袋里响了起来。

布鲁克·兰农：小伊！你在哪儿？

布鲁克·兰农：朱尔说你在孟买？或者开罗？

布鲁克·兰农：真的吗？

布鲁克·兰农：还有，薇薇安那个死巫婆，我都不敢相信她和艾萨克有一腿。我是说，我相信，不过太他妈操蛋了。

布鲁克·兰农：契普·勒普顿昨晚刚摸了我的奶子今天就放我鸽子。去他奶奶个腿儿。真希望你也在这儿，不过这里太烂了你肯定会讨厌的。

布鲁克·兰农：还有，朱尔跟房东说她叫伊莫金。

？？？？！！！！

朱尔终于回了短信。

伊莫金·索科洛夫：嘿。我在。

布鲁克·兰农：嗨！！！！！

伊莫金·索科洛夫：契普摸你奶了？

布鲁克·兰农：得把奶拿出来你才肯回我短信啊，呵呵。

伊莫金·索科洛夫：呃，奶是非常重要滴。

过了一分钟，朱尔才继续打道：

伊莫金·索科洛夫：别太紧张朱尔。她是我的老朋友。

伊莫金·索科洛夫：我帮她定了公寓，等她自己重振旗鼓了就会搬出去。约我签的，所以房主以为她是我，她破产了。

布鲁克·兰农：不止吧。她有点脱线了感觉。真的，朱尔就让那老太太叫她“伊莫金”。

伊莫金·索科洛夫：没事。

布鲁克·兰农：我不管。影响你的信用记录了怎么办？我知道你特别在意那玩意儿。再说这也太诡异了吧？你不觉得吗？身份窃贼还是怎么着？那种事可是真实存在的，不是什么都市奇谈。

布鲁克·兰农：还有，你到底在哪儿？孟买吗？

朱尔没有回复。布鲁克要是铁了心找事，她说什么都没用。

11

2016 年 9 月的最后一周

旧金山

距离布鲁克来家里吃晚饭还有十二周的时间，朱尔从波多黎各飞到了旧金山，住进了诺布山上弗朗西斯德雷克爵士酒店预定好的房间。那套间是洛可可风格的，到处都是红色的天鹅绒帷幔，天花板上挂着吊灯，还有精美的雕刻。朱尔用的是伊莫金的信用卡和证件，前台直接称呼她索科洛夫女士，别的什么都没问。

朱尔的套间在顶楼，里面的椅子是皮革镶嵌的，梳妆台上镶着金箔。一看到那家具，她就感觉心情好多了。

她美美地洗了个澡，洗去旅途的疲惫和波多黎各的记忆。她用浴巾使劲擦洗身体，香波也用了两遍。她穿上自己以前从来都不会穿的那种睡衣，躺在床上，直到顺着脖子往上蹿的疼痛感终于消退后才入睡。

朱尔在酒店住了一周。那感觉就好像待在一枚蛋里一样。酒店光芒四射的坚硬外壳正好在她需要时保护了她。

……

等到周末，她找了本目录，发了几封电子邮件联系，然后就去看了那间旧金山公寓。麦迪·钟领着她参观了公寓。房间里配有家具，不过和通常用来出租的公寓不同，并不是那种很普通的东西。这间公寓里摆满了不同寻常的雕塑，还有收藏在玻璃罐里的漂亮小玩意儿：纽扣、彩色玻璃珠、水钻，都摆在架子上，在光线的映衬下熠熠生辉。厨房里铺着木地板，橱柜是红色的，里面还有玻璃盘和非常重的铸铁平底锅。

朱尔接过钥匙，麦迪跟她解释说，这里曾有一个租住长达十年的住客，是个单身的先生，过世时也没有亲友在身边。“他去世的时候也没有什么亲人好通知，没人来领他的东西。”麦迪说，“他的品味很不错，人又细心。我觉得——还是就这样带家具出租吧，假日短租之类的。总会有人欣赏的。”她摸了摸那罐玻璃珠，“旧货店也不肯收这些东西。”

“他怎么会没有亲友呢？”朱尔问。

“我也不知道。他去世时和我差不多年纪。喉癌。我没有找到他的近亲属，他也没留下什么钱。可能是改了名字和亲友断绝了联系吧。这种事也不是没有。”她耸耸肩。两个人走到了门口。“你会请搬运工来吗？”麦迪问，“我这么问是因为要是一整天都得开着门的话，我就还是待在家里的好，不过这也不是什么难事。”

朱尔摇摇头，“就这一箱行李。”

麦迪一脸慈祥地看着她，笑了笑，“就当是在自己家里，伊莫金。祝你在这里过得愉快。”

* * *

嘿，爸妈：

我一周多以前刚刚离开玛莎葡萄园岛，现在正在旅行，没想好要去哪儿呢！大概会去孟买、巴黎或者开罗吧。

岛上的生活宁静祥和，也算得上是离群索居了。一切的节奏都很慢。很抱歉一直没跟你们联系。我就是想要理清一下，除掉学校、家庭，还有哪些东西可以拿来定义我，我到底是谁？这么说不知道合不合理？

我在玛莎葡萄园岛上交了个男朋友，他叫福瑞斯特。不过我们已经分手了，现在我只想多看看这个世界。

请别为我担心。我会注意安全，好好照顾自己的。

你们是最好的父母。我每天都在想你们。

爱你们的，

伊莫金

安好旧金山公寓的Wi-Fi后，朱尔立刻用伊莫金的账号发出了这封电邮。她也给福瑞斯特写了一封，信中用了小伊最爱的用词，还有她的口头语，她的落款和她那些模棱两可的说辞。

嘿福瑞斯特，

这封电邮很难写，不过我还是得告诉你：我不回去了。租金付到了九月底，所以你赶十月一日前搬出去就没问题。

我不想再见到你了。我要离开。嗯，哈，我已经走了。

我需要一个不会看轻我的人。承认吧，你就是看不起我。就因为你是男人我是女人，就因为我比你小，就因为我是领养的，虽然你嘴上不说，但你挺在乎血统的。你觉得你高我一等，就因为我从大学中途退学而你没有。而且你还觉得写小说比我喜欢的任何事情都重要，也比我想要在今后的人生中做的任何事情都重要。

事实上，福瑞斯特，我才是那个有权力的人。我有房子，有车，账单也是我付。我是个成年人，而福瑞斯特，你呢，就是个自以为是依赖成性的小男孩，除此之外你什么都不是。

总之呢，我走了。我觉得有必要让你知道原因。

伊莫金

福瑞斯特回了信，他很伤心也很抱歉，在信里又是发火又是祈求。

朱尔没有再回。相反，她给布鲁克发了两个小猫咪的短视频，并附上了几句短评。

伊莫金·索科洛夫：和福瑞斯特分手了。他现在的心情大概就跟这只条纹哭丧猫一样。

伊莫金·索科洛夫：这只毛茸茸的橘色猫就是我现在的心情啦。（长出一口气）

布鲁克立刻回复。

布鲁克·兰农：你从薇薇安那里听说了吗?

布鲁克·兰农：或者从其他瓦萨学院的人那里?

布鲁克·兰农：小伊?

布鲁克·兰农：我听凯特琳说（凯特琳·穆恩，不是凯特琳·克拉克）

布鲁克·兰农：薇薇安和艾萨克好上了。

布鲁克·兰农：不过凯特琳·穆恩的话我可从来都不信。

布鲁克·兰农：所以也可能是假的。

布鲁克·兰农：我觉得有点恶心。

布鲁克·兰农：希望你没不开心。

布鲁克·兰农：我为你感到难过。

布鲁克·兰农：不过滚蛋吧福瑞斯特！小伊，你随便找一个都比他强得多。

布鲁克·兰农：老天呐拉霍亚太无聊啦啦啦啦你怎么不回信息呢？给我回信啊巫婆

那天晚些时候，薇薇安也发了电邮过来，通知她说自己爱上了艾萨克·图珀曼，希望她能理解，因为人是控制不了自己的真心的。

第二天，朱尔按照心目中小伊该有的样子开始了新的生活。这天早上，她敲响了麦迪·钟的房门，手里拿着从街上的咖啡馆买来的拿铁，“我觉得你应该想要喝杯咖啡。”

麦迪的脸亮了起来。朱尔被邀请进屋，见了她的夫人。那是一位一头银发、衣饰艳丽的女士，正要出发去“管理公司”，麦迪是这么说的。朱尔问能不能去看看她家的书店，房东就开着沃尔沃带她过去了。

麦迪的店很小，也有点乱，但是感觉很舒适。店里新书旧书都卖。朱尔买了两本维多利亚时期的小说，那两个作者的作品小伊应该也没读过：加斯克尔和哈代。麦迪向她推荐了《黑暗之心》和《化身博士》，还有一本《日常生活中的自我呈现》，作者是一个叫考夫曼的家伙。朱尔把这几本也一并买了下来。

其他时候，朱尔会去看麦迪推荐的展览。想到伊莫金时，朱尔也会放慢自己的脚步，神游片刻。

小伊是不会对任何博物馆太过关心的。她也不会想到要去了解艺术史，记住那些日期。

不，小伊只会懒懒地从展柜前走过，让周围的空间装点她的心情。她会停下脚步，欣赏那美，心无波澜。

朱尔的心里已经有这么小伊的成分了，真是个安慰。

10

2016 年 9 月的第三周

波多黎各，库莱布拉岛

前往旧金山之前的一周，朱尔在库莱布拉岛上喝醉了。以前她从没有喝醉过。

库莱布拉是波多黎各海岸上的离岛。岛上，野马在道路上奔走，价格不菲的酒店在海岸上连成一线，但镇中心的游客并不多。这座岛的浮潜很出名，岛上还有个规模不大的美国外籍人士社区。

时间正是晚上十点，朱尔知道这个酒吧。酒吧的一侧是敞开的，直面夜晚的空气。脏兮兮的白色风扇在拐角处转动着。酒吧里到处都是美国人，少数是游客，大多数都是外籍社区的住客。酒保没有看朱尔的身份证件，在库莱布拉，几乎没人会问你要证件看。

今晚，朱尔点了卡鲁瓦和乳酪。一个她之前见过的男人正挺着大肚子坐在吧台旁几把椅子开外的地方。那是个蓄着胡须的白人男性，大约五十五岁，穿着夏威夷衬衫，前额被太阳晒得黑红。那人说话时带着西海岸口音——波特兰的，他之前告诉过朱尔。朱尔并不知道他的名字。

和他在一起的是一位年龄和他相近的女士，一头灰色的卷发有些凌乱，粉色的 T 恤露出了乳沟，跟她下半身的凉鞋和印花裙也不太搭。她从吧台上的碗里拿了个椒盐卷饼吃了起来。

朱尔的酒到了，她一口干掉，然后又要了一杯。那对夫妇正在争执。

“那个妓女还有颗金子般的心：我最看不惯的就是这个。”女人说话有南方口音，也许是田纳西，也有可能是阿拉巴马，都是好地方。

“就是部电影而已。”男人回答。

“最完美的女友就是跟你做还不收钱，真是恶心。”

“我不知道故事会是那样的。”男人说，“在我们朝这儿走之前我都不知道你看着不爽。曼努埃尔说那部电影不错，我们就放了；仅此而已。”

“它把一半人类都鄙视了，肯尼。”

“又不是我逼你看的。再说，那电影就是对卖淫保持了点开放心态而已嘛。”肯尼笑了两声，“就好比，我们不能因为她的工作就贬低她嘛。”

“该用性工作这个词。”酒保对他们眨了下眼，“不是卖淫。”

朱尔喝完第二杯，又要了第三杯。

“就是些爆炸场面，还有个穿红制服的。”肯尼说，“你和你那些书友俱乐部的朋友约得太多了。每次你跟他们约完都会变得敏感得很。”

“哈，去你的。”女人说，不过她的语气里一点生气的意思都没有，“你就是嫉妒我的书友们。”

肯尼注意到朱尔在看他们，“嘿，你好啊。”他边说边举了举啤酒杯。

朱尔感觉那三杯卡鲁瓦就像一道黏滞的巨浪拍到了她身上。她对着女士笑了笑，“那是你夫人。”她有点口齿不清地说。

“我是他女朋友。”女士说。

朱尔点点头。

夜色开始扭曲了起来。肯尼和他的女朋友在和她聊天。朱尔在笑。他们说她应该吃点东西。

她连嘴在哪里都找不到。炸薯条太咸。

肯尼和他的女朋友还在聊电影。女朋友讨厌那个穿红制服的男人。

那人是谁来着？他有只浣熊？他和一棵树是朋友。不对，是一只独角兽。那个石头人总是很伤心，他总是变成石头变不回来，所以没有人爱他。还有个不愿意透露身份的人，很老，不过身体很好，骨骼是金属的。等等，还有个蓝色的人。还有个裸体女人。两个蓝色的人。忽然间朱尔就倒在了酒吧的地板上。

她都不知道自己是怎么倒下去的。她的手酸软无力。她的手有毛病了。她感觉嘴里有股怪味儿，甜甜的。卡鲁瓦喝多了。

“你住德尔玛是吧，路那边那个度假村？”肯尼的女朋友问。

朱尔点点头。

“我们得送她回去，肯尼。”女朋友说。她蹲在朱尔的身旁，“路上没有灯，撞着车就糟了。”

他们来到了外面，肯尼不知道去哪儿了。女士架着朱尔的胳膊，带着朱尔穿过黑暗的街道，朝闪亮的德尔玛的方向走去。

“我得跟你讲个故事。”朱尔大声说。她必须得跟肯尼的女朋友说点什么。

“是吗？现在？”女士说，“小心脚下，好。真黑。”

“是一个女孩儿的故事。”朱尔说，“不，是个男孩儿的。很久以前，有个男孩儿，他把一个认识的女孩儿壁咚到墙上。别的女孩儿，不是我。”

“嗯哼。”

朱尔知道自己并没有按照故事应该呈现的样子讲述，但她还是讲了，一开口就停不下来。“就在超市后巷，黑灯半夜，他对那个女孩儿做了不好的事，知道吧？明白我的意思？”

“应该是。”

“女孩儿是在镇上认识男孩儿的，所以男孩儿问她要不要过去那边的时候她就去了，因为男孩儿的脸长得挺好看。蠢女孩儿不知道该怎样用正确的方法拒绝，不知道该如何使用自己的拳头。也许她说什么都不重要，反正男孩儿也不会听。重点是，女孩儿没有肌肉，也没有那个技术。她只有一塑料袋的牛奶和甜甜圈。”

“你是南方人吗，亲爱的？”肯尼的女朋友问，“我之前没注意到。我是田纳西人，你呢？”

“她从没跟大人提过发生了什么，不过她在洗手间跟几个朋友说过，我就是这么知道的。”

“嗯哼。”

“这个男孩儿，同一个男孩儿，一天晚上看完电影回家。那是两年后了。我十六岁，而且，你看，我健身挺有效果的。你知道我吗？我在健身，很有效。所以一天晚上看电影的时候我看到他了。我回家的时候看到了那个男孩儿。我不该一个人上街，大多数人都会那么说，可我就是上了。那小子也不该一个人上街。”

整个故事忽然变得好笑了起来。朱尔觉得自己必须得停下来大笑一阵。她停下脚步，等着笑声如期而至，但笑声并没有来。

“我手里有一瓶蓝冰沙。”她继续道，“电影院里卖的那种大瓶的。穿的束带高跟鞋，夏天嘛。你喜欢漂亮的鞋子吗？”

“我有拇囊炎。”女士说，“走吧，我们继续走。”

朱尔迈开脚步，“我脱下鞋子，叫了男孩儿的名字。我编了个幌子，说是要叫车，在那个黑漆漆的街角。我说我手机没电了，能不能请他帮个忙？他以为我人畜无害。我一只手拿着一只鞋，一只手端着饮料。另一只鞋就扔在地上。他走了过来，我用左手一把将冰沙糊了他一脸，然后就用鞋跟砸了他，正中太阳穴。”

朱尔停了下来，等女士说点什么，但女士一言不发，只是架着她的手臂。

“他扑向我的腰，不过我一膝盖击中他的下巴。然后又挥起鞋子，正中他的头顶，薄弱点。”似乎解释鞋子的走向很重要，“我用鞋子打他，一下，又一下。”

朱尔停下脚步，迫使女士看着她的脸。外面很黑，只能模糊看到女士眼角的皱纹，看不清眼睛。“他倒在地上，张着嘴。”朱尔说，“血从鼻子里流了出来。看上去好像是死了，夫人。他没再起来。我看了看街上，天很晚，一点灯光都没有。我看不清楚他还活着没，就捡起冰沙杯和鞋子回家了。”

“我把身上穿的所有一切都脱下来装进塑料购物袋，早上就假装去上学了。”

朱尔垂下手，忽然感到一阵空虚，疲惫，眩晕。

“他死了吗？”肯尼的女朋友问。

“没有，夫人。”朱尔慢慢地说，“我在网上搜了他的名字，每天都搜，那个名字从来都没有冒出来过。直到有一天，一家地方报纸上登了一条新闻，还有照片，他在诗歌比赛上获奖了。”

“真的？”

“那晚的事他从没跟别人说过。就是那晚我才知道了我该是什么人。”朱尔对肯尼的女朋友说，“我才知道自己能做到什么。你明白我的意思吗，夫人？”

“我很高兴他没死，亲爱的。我觉得你应该是不习惯喝酒。”

“我以前从不喝酒。”

“你看，我也出过类似的事，很多年前了。”女士说，“就跟你说的那个女孩儿差不多。我不喜欢提那件事，不过是真的。我现在已经恢复了，没事了，你知道吗？”

“嗯，没事了。”

“我觉得应该告诉你。”

朱尔看了看女士。那是位很漂亮的女士，肯尼真幸运。“你知道肯尼的真名吗？”朱尔问，“肯尼真名叫什么？”

“我带你回房吧。”女士说，“路上可不能让你出点什么事儿。”

“那时候我才感觉到，我的身体里有个英雄。”朱尔说。

之后她就回到了房间，整个世界都黑了下去。

* * *

第二天一早醒来时，朱尔发现自己两只手的手掌上各长了四个脓疱，都在指根处。

她躺在床上，看了看脓疱，又伸手拿起床头柜上的玉戒。戴不上去了，她的手指头都肿了起来。

她戳破脓疱，将里面的液体挤到酒店柔软的白床单上。这样皮肤愈合得会快些。

这可不是女孩儿和坏男孩儿分手的电影，朱尔想。也不是女孩儿摆脱控制狂母亲的电影，更不是什么伟大的白人直男英雄爱上需要被拯救的女性或者和某个身穿紧身衣能力也次于他的女英雄组队杀敌的电影。

我就是故事的中心，朱尔对自己说。我不需要苗条身材，不需要穿得很少，也不需要牙齿整形。

我就是中心。

她刚一坐起来就感觉一阵恶心。朱尔冲向浴室，刚刚戳破脓疱的手掌按在浴室冰冷的地面上，什么都没吐出来。

她吐了又吐，但什么都没有。她的喉头不断地收缩、释放，那种恶心的感觉似乎持续了足足有几个小时。她用毛巾擦了擦脸，毛巾立刻就湿了。她缩成一团，不住地颤抖。

最后，她的呼吸终于平稳了下来。

朱尔站起身，给自己弄了杯咖啡喝了下去，然后打开小伊的背包。

小伊的钱包就在里面。那钱包上有无数的小口袋，还有一个银扣。钱包里有信用卡、收据、一张玛莎葡萄园岛图书馆的借书卡、一张瓦萨学院的学生证、一张瓦萨学院食堂的餐卡、一张星巴克会员卡、一张健保卡，还有小伊酒店房间的房卡。外加六百一十二美元，现金。

朱尔打开小伊的快递，是昨天由联邦快递寄来的。里面装的是从在线商店里买的衣服。四件外套，两件 T 恤，一条牛仔裤，一件真丝针织衫。每一件都价格不菲，朱尔每次看标签时都会不由自主地捂上嘴。

小伊的房间就在隔壁。现在房卡就在朱尔手里。房间里很干净。浴室的洗手台上放着一个脏兮兮的化妆包，朱尔在包里找到了小伊的护照，里面还有数量惊人的化妆品和粉盒，全都乱七八糟地堆在一起。毛巾架上挂着一副很难看的米色胸罩。不远处放着的一把剃刀上还沾着一丝毛发。

朱尔拿起小伊的护照，把照片放在自己的脸旁边，对着镜子观察了一会儿。她们俩的身高只差一英寸。两个人的眼睛也都可归类为绿色。小伊的头发颜色更浅些。朱尔的体重明显更重，不过基本上都是肌肉，穿着衣服看不出来区别。

她从小伊的钱包里取出瓦萨学院的那几张卡看了看。餐卡上的照片很显小伊的细长脖子，耳朵上的三个耳洞也很明显。学生证上的照片更小，更模糊，耳朵的部分也没照出来，朱尔用那张很容易混过去。

她把餐卡用指甲剪剪成小碎片，从马桶里冲了下去。

然后她又拔了眉毛——更稀疏一些，就像小伊那样。她用指甲剪剪短了刘海，还找到了小伊的那些复古戒指：紫水晶狐狸，木刻鸭子，蓝宝石大黄蜂、银象、银兔子、绿玉青蛙。她的指头都肿了，一个都戴不上去。

* * *

接下来的几天时间，朱尔都在查看小伊的电脑文件。两间客房她都在用。房间里有空调，有时候，她会打开阳台门，让湿热的空气倾泻进来。她吃巧克力馅的薄饼，喝芒果汁，每次都是直接叫客房服务上来。

小伊的银行账户和投资账户里共有八百多万美元。朱尔把所有的账号和密码都记了下来，还有手机号码和电邮地址。

她以小伊的护照和书本内页上的签名为蓝本，学习了小伊的花体签名；又从小伊那涂满涂鸦写满购物清单的记事本上学会了她的手写字体。创建完电子签名后，她找到小伊家庭律师的名字，并写信告诉律师她（小伊）在接下来的一年会到处旅行，她想要立份遗嘱，把钱留给一个并不富裕的朋友，那个朋友是个孤儿，还失去了大学的奖学金，名字叫朱莉埃塔·韦斯特·威廉姆斯。她还给北岸动物联盟和国家肾脏基金会留了点钱。

律师花了几天的时间作出反应，不过回信中表示会安排好一切。没有问题。伊莫金·索科洛夫已经是合法的成年人了。

她仔细研究了小伊在电邮和 Instagram 里的书写习惯：如何落款，如何分段，如何表述自己的意思。她注销了小伊所有的社交媒体账号，反正也都休眠了一段时间。她尽可能多地取消网上照片里小伊的标记，然后又确认了一遍小伊所有的信用卡都关联了小伊的银行账户并设置了自动还款。她还重设了小伊的电邮密码。

她翻阅库莱布拉当地的报纸查看消息，上面什么都没有。

朱尔在一家杂货店买了染发剂，用牙刷小心地涂在头发上。她练习笑不露齿。她的脖子一侧感觉很疼，怎么都不好。

律师终于用电子邮件把遗嘱模板发了过来。朱尔在酒店的商务办公室打印了出来。她把文件装进行李箱，觉得自己已经等得够久了。她用小伊的名字买了张飞往旧金山的机票，并为她们两个人退了房。

9

2016 年 9 月的第二周

波多黎各，库莱布拉岛

距离前往旧金山还有两周半的时候，朱尔坐在伊莫金的身旁。两个人正在一辆基普出租车的后座上。出租车从库莱布拉机场开出后一路颠簸。小伊已经为她们订好了住所。

“我和我朋友比琪·科汉一家来过这里，那时候我们才十二岁。”小伊边说边指了指周围的环境，“比琪骑自行车出了点意外，下巴缝了线。我还记得那时候她只能天天喝处女台克利，吃不了东西。一天早上，我们叫了艘船，来到一个名叫库莱布利塔的小岛。岛上那种黑色火山岩我从没见过。我们玩了浮潜，但比琪下巴上的缝线让她很不方便，所以她脾气不是很好。”

“我有一次下巴也缝了线。”朱尔说，这是事实，不过刚一开口她就后悔了，这个故事并不有趣。

“是怎么一回事？从你哪个斯坦福男朋友的摩托车上摔下来了吗？还是你们田径队的那个恶魔教练打了你？”

“是在更衣室里打了一架。”朱尔撒了个谎。

“又是打架啊？”小伊似乎有些失望。

“哦，我们那时候都没穿衣服。”为了让她高兴朱尔这么说道。

“真的假的？”

“高二，田径训练后，不掺假的裸体对战，就在浴室，三对一。”

“简直就是监狱小黄片啊。”

“没那么色情。她们把我下巴打烂了。”

“马。”司机边说边指了指，前面确实有几匹马。三匹野马正汗津津地站在路当中。司机按了按喇叭。

“别吓着它们！”伊莫金说。

“它们才不怕呢。”司机说，“看。”他又按了几下喇叭，那几匹马才慢悠悠地让开了路，只是有些不爽的样子

“比起人来你更喜欢动物。”朱尔说。

“人都是混蛋，你刚才讲的事完全证明了这一点。”小伊从包里拿出一包纸巾，抽出一张擦了擦额头。“你什么时候见马混蛋过？或者牛？它们才不会呢。”

司机在前排说，“蛇就很混蛋。”

“它们才不呢。”小伊说，“蛇只不过是想活下去而已，跟大家一样。”

“咬人的那些就不行。”司机说，“它们很恶毒。”

“蛇害怕的时候才咬人呢。”小伊向前排探出身子，“它们觉得有必要保护自己的时候才会下口。”

“还有饿了的时候。”司机说，“大概每天都得咬点儿啥吧。我讨厌蛇。”

“老鼠死在响尾蛇的嘴里总比，呃，死在猫嘴里强。猫会玩弄猎物。”小伊说，“它们会东一口西一口，假装让老鼠跑掉，然后再抓住。”

“那猫也是混蛋。”司机说。

朱尔笑了起来。

她们在酒店门口下了车。小伊用美元付了车钱，“我还是站在蛇的一边。”伊莫金说，“我喜欢它们。谢谢你送我们。”

司机帮她们把行李从后车厢里取了出来，然后就开车离开了。

“见到真蛇你就不会喜欢了。”朱尔说。

“不，我会喜欢的。我会爱上它，把它当成宠物。我会让它盘在我的脖子上，就像项链一样。”

“毒蛇吗？”

“当然了，你不就在我旁边嘛？”伊莫金搂住朱尔，“我喂你鲜美的老鼠和其他蛇爱吃的零食，还让你靠在我肩膀上。时不时地，等到有那个必要的时候，你就会把我的敌人捏死，而且要裸着捏，好不好？”

“蛇从来都是裸着的。”朱尔说。

“你不一样。大多数时候你可以穿衣服。”

小伊拖着自己的两个行李箱，率先走进了酒店大堂。

* * *

对于游客来说，这家酒店算是非常豪华的了，一片翠绿，到处都是绿叶，到处都是鲜艳的花朵。朱尔和伊莫金住隔壁。酒店里有两个游泳池，白色的沙滩一路延展开来，画出一道长长的弧线，最后以远端的码头结尾。菜单上全都是各种鱼和热带水果。

安顿好之后，两个人共进了晚餐。这顿丰盛的晚餐似乎让小伊感觉很新鲜，也很庆幸。她一点悲伤或内疚的意思都没有。就是这么淡然。

稍后，她们沿路走到了一个网上说的外籍人士酒吧。吧台是环形的，酒保就在中间。她们坐在柳条椅上，小伊点了卡鲁瓦和奶酪，朱尔点了香草口味的健怡可乐。这里的人都很能说。伊莫金和一个穿夏威夷衬衫的白人老头聊了起来，老先生告诉她们，他在库莱布拉住了二十二年了。

“我以前做点大麻生意。”老先生说，“最早是种在安了照明灯的步入式衣柜里，长成后卖掉。那还是在波特兰那会儿。本来以为没人会管这种事儿的。结果被条子给搞了，保释后我就飞到了迈阿密，弄了条来波多黎各的船，然后搭渡船到了这儿。”他示意酒保再来一杯啤酒。

“你这算潜逃吗？”小伊问。

那人哼了一声，“这么说吧：我不认为我所做的事情算犯罪，所以我也不该承受所谓的后果。我就是搬了个家而已。我又没跑。这儿的所有人都认识我，只不过不知道我护照上的名字而已。”

“护照上的名字写的是？”朱尔问。

“我是不会告诉你的。”那人笑道，“正如我没有告诉他们。这里没人关心那些玩意儿。”

“你靠什么为生呢？”朱尔问。

“有不少美国人和富裕的波多黎各人在这里有度假屋，我帮他们照看房子。他们付现金。安保啊，安排维修啊，那类的事情。”

“你的家人呢？”小伊问。

“没什么人。我在这儿有个女伴。我兄弟知道我在这儿，来看过我一两次。”

伊莫金皱了皱眉，“你有想过要回去吗？”

老先生摇了摇头，“从没想过。出来的太久，回不回去就无所谓了。”

* * *

巨大的曲线型泳池旁环绕着遮阳伞和绿松石色的躺椅，她们两个把接下来的三天时间都花在了那里，有事没事就过去坐坐。朱尔会搂着伊莫金的脖子，两个人一起看书。伊莫金看了YouTube上的烹饪教学视频，做了水疗。朱尔则去了健身房运动。两个人还会去游泳，在沙滩上漫步。

伊莫金没少喝酒。她时不时地就会让侍者把玛格丽特鸡尾酒端到池边。不过看上去她一点悲伤的意思都没有。逃离玛莎葡萄园岛的最初兴奋还在持续。在朱尔看来，这就是一次胜利大逃亡。这就是伊莫金描述的那种自己想要的生活，没有野心和期望，不需要讨好别人也不会让别人失望。两个人只是这么待着，每天都过得很慢，散发着椰子的香气。

第四天深夜。两个人正在热水按摩浴池里泡着脚，就像以前在玛莎葡萄园岛上小伊房子里的那些夜晚一样。“也许我还是该回趟纽约。”伊莫金若有所思地说，“去看看我父母。”她的手里端着一个带盖儿的塑料杯，里面插着吸管，盛着玛格丽特鸡尾酒，两个人刚吃完晚餐没多久。

“不要，别走。”朱尔说，“就和我待在这儿吧。”

“那天晚上酒吧里那个人还记得吗？他说越久不回去，就越没有回去的理由。”伊莫金站了起来，脱掉了衬衫和短裤，她里面穿了一件青铜色的低胸泳衣，胸前有个金色的环。伊莫金缓缓沉入热水浴池，“我不想失去回去的理由，我爸妈还在那儿。可我又讨厌回去。他们总是——总是让我难过。上次回家的时候，我告诉过你吗？寒假的事？”

“没有。”

“离校时我特别高兴，终于可以走了。我的政治学没及格，布鲁克和薇薇安老是吵个没完没了，艾萨克又把我给甩了。回到家，我爸病得比我想的要严重得多，我妈一天到晚老是哭哭啼啼的。相比之下，我那可笑的怀孕恐惧，友情闹剧，男朋友的麻烦跟考试不及格——全都是些不值得一提的小事了。我爸完全缩回了自己的壳儿里，天天吸着氧气。餐桌上总是堆满药瓶。有一天他忽然抓着我的胳膊轻声说，‘给老爸买个巴布卡吧。’”

“巴布卡是啥？”

“你从没吃过巴布卡？大概就是四十个肉桂卷合在一起。”

“你给他买了吗？”

“我出去就买了六个，每天给他一个，直到寒假结束。这让我有了种能为他做点什么的感觉，即使事实上我们都无能为力……返校那天早上，我妈开车送我回瓦萨，可我直接就抑郁了。我不想见到薇薇安，不想见到布鲁克，也不想见到艾萨克。大学好像一点意义都没有，完全就是个培训班，要把我培养成妈妈想要的那种女儿，或者说是艾萨克想要的那种女朋友。可谁都不关心我想成为什么。所以我老妈刚一走，我就立马叫了辆车去玛莎葡萄园岛。”

“为什么是那里呢？”

“一个世外桃源吧。小时候我们曾经去那里度过假。头几天一过我就不管我的手机了。我可不想接任何人的电话。我知道这听起来肯定很蠢，可我一定得做点疯狂的事。老爸病得那么重，我的问题根本没人听。唯一能够解救自己的办法就是亲自尝试一下自己想要的生活。剥掉其他那些人对我的期望和失望。那时候我就觉得自己必须留下了。我在酒店住了一个月，然后才意识到自己不会再回去了。我给父母发了电邮报平安，然后就租了个房子。”

“他们什么反应？”

“无数的电邮和短信啊。‘回来吧，哪怕几天都行。我们给你买机票。’‘你爸想知道你为什么不回他的电话。’反正就是那一类的。我爸在做透析，所以他们来不了葡萄园岛，不过这跟骚扰也没什么区别了。”小伊叹了口气，“我把他们的短信都拦截了，然后就不再去想他们了。感觉就好像魔法一样，直接把那些想法都关掉，不再去想他们如何拯救了我。我可能确实是个很差劲的人，不过这种感觉可真好啊，朱尔，我是说不用再去愧疚什么。”

“我不觉得你是个差劲的人。”朱尔说，“你想要改变自己的人生，想要成为自己想要成为的那个人，那就必须得采取些极端措施。”

“就是的。”小伊用湿漉漉的手摸了摸朱尔的膝头，“那么，你呢？”

这是小伊惯常的模式，先叽里咕噜一大串，彻底理清自己的想法，然后感觉累了，再问个问题。

“我不回去。”朱尔说，“永远都不。”

“回家有那么可怕吗？”小伊打量着朱尔的表情问道。

一个念头在朱尔的脑海中闪过：应该会有这么一个人爱她，她也会自爱，配得上这一切。这些话小伊肯定都会明白。朱尔说什么她都会明白。

“我们俩是一样的。”她壮着胆子说，“我不想成为以前的那个自己，不想就这么长大。我想成为现在的这个我，就在这里，和你在一起。”这是她所能说出口的最接近事实的陈述。

小伊靠过来亲了亲她的脸颊，“这个世界到处都是一团糟的家庭。”

朱尔不由自主地说，“如今我们就是彼此的家人了。我就是你的，你也可以是我的。”

她看着小伊，等待着。

伊莫金本该说，她们就像姐妹一样。

伊莫金本该说，她们就是一生的朋友，而且是的，她们就是家人。

她们刚刚聊得那么亲密，伊莫金本该保证说，她绝不会像离开福瑞斯特那样离开朱尔，绝不会像离开父母那样离开朱尔。

然而，小伊只是暧昧地笑了笑，然后就从热水浴池里走了出来，穿着那身青铜色的泳衣走向了泳池。经过那群在浅水区胡闹的十几岁男孩子身旁时，她又笑了笑。都是些美国男孩儿。

“嘿，小伙子们。有人愿意帮我从酒吧拿袋薯片或者椒盐脆饼吗？”

小伊问，“我的脚湿了，不想踩一路水印子。”

他们身上比她还要湿，但其中一个立即从泳池里跳了出来，拿毛巾擦了擦身子。那小子很瘦，满脸的疙瘩，不过牙齿很整齐，而且身材也是小伊喜欢的那种修长型。“很荣幸为您服务。”边说还边样子蠢蠢地鞠了个躬。

“你可真是个王子。”

“看到了吗？”男孩儿转身对泳池里的同伴叫道，“我是王子了。”

为什么小伊对任何人都要施展魅力呢？他们只是一群小男孩儿而已，根本没有什么可以给予的。不过只要气氛一变得紧张小伊就会用她那一套。转个身，放出光芒，照射到那些新人身上，让他们觉得自己真是幸运，居然会被她注意到。她甩掉那些绿石楠的旧朋友交上道尔顿高中的新朋友时用的就是这一招。甩掉患病的父亲和道尔顿高中的老朋友交上瓦萨学院的新朋友时用的就是这一招。离开瓦萨学院住到玛莎葡萄园岛上时用的还是这一招。之前，她离开福瑞斯特和玛莎葡萄园岛，转向了朱尔，不过显然，朱尔还不够新。她需要更新鲜的关注。

男孩儿拿来了好几包薯片。小伊睡在躺椅上，一边吃一边问他问题。

你从哪里来的？“缅因。”

他们多大？“够大了！哈哈。”

没有吧，说真的，多大？“十六。”

伊莫金的笑声在泳池边回荡着，“真是些孩子！”

朱尔站起身，穿上鞋子。那些男孩儿让她产生了一丝寒意。他们不断地飞溅着水花，在泳池里秀着肌肉。朱尔讨厌他们这种争先恐后博取伊莫金好感的样子。她可不想和一群挤眉弄眼的高中生说话，伊莫金想要找满足感就让她自己找去。

* * *

第二天早上，朱尔想要租条船去库莱布利塔。那是一座小岛，岛上有黑色的火山岩，还有海滩和野生动物保护区。刚来这里的第一天小伊就提起了这个地方。可以打水上的士过去，不过那样的话回程就要等人来接。所以还是自己开船过去更舒服，那样的话想什么时候走就能什么时候走。门房给了朱尔租船人的电话。

小伊觉得，既然有人能代劳，那就没有必要自己开船。她觉得连去库莱布利塔的必要都没有。她早就去过了。而这里的水很清，很亮，还有座酒店，有两个热水浴池，还有人聊天。

可是朱尔一天都不能再忍受那些泳池边的高中男生了，没有什么块儿还要秀。她想要去库莱布利塔，想要去看那著名的黑色火山岩，想要徒步登上灯塔。

租船的人说会在从海滩远端伸出去的那个码头那里等她们。那个码头一点都不正式。朱尔和小伊走了过去，两个年轻的波多黎各男人开着两艘小船迎了上来。小伊付了现金，其中一个人向朱尔演示了如何操作引擎，以及如何在意外的情况下使用挂在船边的船桨，然后还给了她们一个还船时用的电话号码。

小伊有些闷闷不乐，一直嘟囔着救生衣太烂，船也需要粉刷。不过她还是上了船。

开船穿过海湾花了半个小时。太阳越来越大，海水蓝得让人吃惊。

到达库莱布利塔，朱尔和小伊跳进水中，将船推到岸上。朱尔选了条路，两个人开始徒步，一路上小伊一言不发。

“走哪边呢？”朱尔在一个岔路口问。

“随你便。”

她们走了左边，山坡很陡。走了五十分钟后，小伊在一块石头上刮伤了脚背。她抬腿踩在树干上，看了看伤势。

“你没事吧？”朱尔问。

小伊的脚在流血，不过并不严重，“嗯，没事。”

“真应该带点儿创可贴。”朱尔说，“我打包的时候应该带上的。”

“不过你没带，所以就这样吧。”

“很抱歉。”

“不是你的错。”小伊说。

“我是说，很抱歉你受伤了。”

“别管了。”说着，伊莫金继续向山坡上走去。爬上去后，她们看到了黑色的火山岩。

岩石的样子和朱尔想象的不太一样。比她想的更美，更惊人。那火山岩真的很黑，而且很滑。石头上，石头周围流水阵阵，形成一个个小水池，在阳光下看着很是温暖。有些岩石上还覆盖着绿色的苔藓。

周围一个人都没有。

小伊脱掉外衣，穿着里面的泳衣溜进了最大的水池，一言不发。她的肤色已经晒成了黄褐色，身上的黑色比基尼就用一根带子吊在脖颈上。

朱尔忽然觉得自己变成了一个笨手笨脚的男性化的人。辛苦锻炼出的肌肉都成了累赘，穿了一个夏天的浅蓝色泳衣也俗艳得可以。

“暖和吗？”她问的是那个浅池里的水。

“挺暖和的。”小伊说。她正弯着腰，将水泼洒到胳膊和后颈上。小伊不冷不热的反应让朱尔有些恼火。毕竟，伊莫金刮伤了脚又不是因为她。要说朱尔唯一的错，那就是她想租艘船去看看库莱布利塔。

小伊就是个被宠坏的孩子，凡事只要不随她的心愿就会噘起嘴生闷气。这是她的一个缺点。从没有人能对伊莫金·索科洛夫说不。

“咱们去上面的灯塔那儿吧。”朱尔说。那里是岛上的制高点。

“走吧。”

朱尔想看到小伊热情的反应。但小伊一点那个意思都没有。

“你的脚没事吧？”

“应该吧。”

“你想去上面灯塔那里吗？”

“可以去。”

“那你想去吗？”

“你想让我说什么，朱尔？‘哦，我做梦都想看看那座灯塔呢！’在葡萄园岛上的时候我他妈的每天都能看到一座灯塔。天气热得要死脚丫子还血淋淋的你想让我说就这样我还想走上去看那和我看过的无数建筑相比毫无特色可言的小不拉几的破玩意儿？这就是你想要的吗？”

“不是。”

“那你想要什么？”

“我就是问问。”

“我想回酒店。”

“可我们刚到这儿。”

小伊爬出水池穿上外衣和凉鞋。“我们回去吧行不行？我想给福瑞斯特打电话。这里没信号。”

朱尔擦干双腿，穿上鞋，“为什么想给福瑞斯特打电话？”

“因为他是我男朋友，我想他了。”小伊说，“你以为呢？我和他分手了吗？”

“我什么都没以为。”

“我没和他分手。我来库莱布拉就是透透气，仅此而已。”

朱尔背上两人共用的背包，“你想回去的话那我们就回去吧。”

* * *

过去几天中的快乐似乎从朱尔的体内蒸发殆尽。周围一片炙热，所有景色普普通通。

她们之前把船推得离海岸太远，回去时需要一路从沙子上推过去。都弄好后，两个人跳上船，从支架上解开船桨，用桨将船撑到可以使用引擎的地方。

伊莫金不怎么说话。

朱尔开动引擎朝库莱布拉的方向前进，整座岛在远方隐约可见。

小伊坐在船头，在海面的映衬下就像一幅画儿。朱尔看着她，心中升起一缕爱意。小伊很美，那种让人感觉很善良的美。人畜无害。就像那种会给你带咖啡的朋友，而且就是你喜欢的那种咖啡；会给你买花儿，给你书，给你烤松饼。没人能像小伊一样对如何找乐子有那么深的研究。她会把人都吸引到她的身边；人人都爱她。她有种力量——金钱，热情，独立——那光芒环绕着她。而朱尔，此刻正在这海上，在这疯狂的碧蓝色的海上，和这个独一无二世间少有的人儿在一起。

所有的争执都不重要了。只不过是累了而已。即使是最好的朋友也会争执。这也是坦诚相待的一个后果。

朱尔关闭引擎。海面上风平浪静。目光所及之处，直到天际线上都没有一艘船。

“怎么了？”伊莫金问。

“对不起，我租了这条破船。”

“没事，不过请听我说，我明天一早就要回葡萄园岛去，去和福瑞斯特在一起。”

朱尔感觉一阵眩晕，“为什么？”

“跟你说过的，我想他了。之前就那么离开我感觉挺不好的。我当时有点伤心……”伊莫金顿了顿，仿佛不知道该怎么组织语言，“因为之前那个清洁工的事。还有福瑞斯特的反应。不过我不该就这么逃走。不能总是逃走。”

“你不该因为觉得对福瑞斯特和其他人有责任就回葡萄园岛去。”朱尔说。

“我爱福瑞斯特。”

“那你为什么还老是对他撒谎？”朱尔叫道，“为什么还要跟我来这儿？为什么还要想艾萨克·图珀曼？恋爱中的人不是这样的。大半夜的从一个人身边逃开又怎么能指望对方高高兴兴地看到你回去？你不能就这么说走就走。”

“你在嫉妒福瑞斯特。我明白。不过我可不是你独占着不让别人玩的洋娃娃。”小伊厉声说，“我以前还觉得你喜欢的是我这个人——不考虑金钱，不考虑其他所有一切。我还以为我们是一样的，你会理解我。很容易向你倾诉，可我说得越多，就越觉得你心里有个想象中的我：伊莫金·索科洛夫——”她的语气就好像给自己的名字加粗了字体一样，“但那不是真正的我。你喜欢的是想象的那个人。不是我。你只是想穿上我的衣服看我的小说拿我的钱玩假装的游戏。这不是真正的友谊，朱尔。真正的友谊不是所有东西我付钱所有东西你都可以借但是还不够。我所有的秘密你都要知道，然后就成了你的秘密。我为你感到可怜，真的。我喜欢你——可有一半的时间你变得就像，就像我的仿制品。很抱歉真的很抱歉这么说，但你——”

“怎么？”

“你前后不一。你总是在改变你讲的故事的细节，就好像你自己也不知道该是什么一样。我一开始就不该邀请你一起住进葡萄园岛的房子。

一开始还挺好的，可现在，我觉得自己被利用了，甚至可能被欺骗了。我需要离开你，这就是事实。”

眩晕感越来越强。

小伊不可能是那个意思。

一周又一周，伊莫金想要什么朱尔就做什么。伊莫金想要静静，朱尔就让她一个人静静；伊莫金想去购物，朱尔就去购物。她容忍布鲁克，容忍福瑞斯特，只要有需要就当个合格的倾听者，只要有需要就当个优秀的倾诉者。她不断适应环境，学习小伊世界的行事方式。她保守秘密。她还读了几百页的狄更斯。

“我的衣服不是我。”伊莫金说，“我的钱也不是我。你想让我成为这种人——”

“我不想让你成为任何你不想成为的人。”朱尔叫道，“我没有。”

“可你就是。”伊莫金说，“你想让我关注你，即使是在我不想的时候；你想让我显得美丽闲适，即使是在我自己都觉得自己很丑事情很难办的时候；你把我拱上王座，想让我总是能作出美味的食物，总是读伟大的文学作品，总是在每个人面前闪耀光芒，可那不是我，而且那样太累了。我不想一身盛装表演你想象的那个我。”

“不是这样的。”

“那负担太重了，朱尔。我都快要窒息了。你想把我变成你想象中的样子，可我不想变成那样。”

“你是我最好的朋友。”朱尔真是这么想的，她叫得撕心裂肺，充满哀怨。朱尔总是像一缕轻波一样从人们心中划过，没有谁是她的什么人；没有谁会特别关注她；也没有谁会让她想念。为了让小伊爱她，朱尔说了无数的谎言，即使为了这个她也应该得到小伊的爱。

小伊摇摇头，“就因为暑假在我的房子里一起过了几周？就最好的朋友了？怎么可能？第一周过完我就应该让你走。”

朱尔站了起来，小伊还坐在船头上。

“我做了什么让你这么恨我？”朱尔问，“我不知道我做了什么。”

“你什么都没做！我不恨你。”

“我想知道我做错了什么。”

“你看，我请你一起来只是为了不让你乱说话。”伊莫金说，“我让你来就是为了让你闭嘴。就是这样。”

两个人都不说话了。我让你来就是为了让你闭嘴，这几个字横在两个人中间。

伊莫金继续道，“这趟旅行我玩不下去了。我也受不了你不断地借我的衣服不断地用你的那种眼光看我，就好像我永远也达不到你的要求。你在威胁我，让我不断地关心你。我做不到。”

朱尔什么都没想，什么都没办法想。

她拿起甲板上的那根船桨，她挥动船桨，用尽全力。

桨头击中伊莫金的头颅，锋利的边缘。

小伊一个踉跄，船剧烈晃动了起来。朱尔上前一步，小伊抬起头看着她，一脸的惊讶。朱尔忽然感到一阵胜利的喜悦：对手低估她了。

手中的船桨再次挥落，落向那张天使般的脸。鼻梁骨碎裂，还有颧骨。一只眼球鼓起，冒出。朱尔第三次落桨，一声巨响，终结的巨响。伊莫金的下巴，伊莫金的权力，伊莫金的美丽，还有那自视甚高的冷漠，全都在朱尔右臂的力量下灰飞烟灭。朱尔是胜者，有那么一瞬间，那感觉充满荣耀。

小伊从船头滑落进水中。船头在她跌落时点了几下。朱尔倒退几步，一屁股撞在了船舷上。

小伊冒出来了两次，挣扎着，喘息着，眼睛里全是血。血流进碧蓝的海水，白色的衣裙荡漾在她的四周。

胜利的号角哑火了，朱尔跳进海中，抓住小伊的肩膀。她想要小伊的回答。

小伊还欠她一个回答。

她们还没完，不能就这么让小伊逃了。“你对我还有什么要说的？”朱尔叫道。她踩着水，尽可能地托起小伊，“你现在还有什么要对我说的？”血从小伊的脸上流下，顺着朱尔的胳膊流进海中。“我他妈的可不是你的宠物，我也不再是你他妈的什么朋友，听清楚没？”朱尔叫道，“你他妈的敢小看我。现在看清楚了吗，小伊？看清楚了吗？”

朱尔想要将小伊转过来，将她的脸转到水面上，让她可以呼吸，可以听到自己说话。可那伤实在是太重了，小伊的脸已经血肉模糊，耳朵、鼻子、破碎的脸颊，没有一个地方不在流血。她的身体在抽搐。她的皮肤很滑，太滑了。她的四肢在乱抖，抽动的手臂击中朱尔的脸颊。

“你他妈的还有什么要说的？”朱尔的叫声中带着祈求，“你还有什么要对我说的？”

伊莫金·索科洛夫的身体又抽动了一下，一切就都安静了下来。

海中一片血泊。

* * *

朱尔爬回到船上，时间静止了。

肯定已经过了一个小时，也许是两个小时，或者只有几分钟。

从来没有哪场仗是这样结局的。每次都是英勇的行动，防卫与斗争。尽管有时候也有报复，但这次不同。海里有具尸体，耳垂边上打了三个孔。袖子上的袖口衬着衣料，透白的亚麻衬着碧蓝的海。

朱尔用她所知道的方式全心全意地爱着伊莫金·索科洛夫。她真的是这样。

可小伊不要她这样。

可怜的小伊，美丽的、特别的小伊。

朱尔胃里一翻，趴在船边呕了起来。她抠着船沿，感觉自己病了，肩膀抖得厉害。她又呕了几下，但什么都吐不出来。足足过了一两分钟，她才意识到自己是在哭。

她的脸颊上全是泪水。

她并不想伤害伊莫金的。

不，她想。

不，她不想。

真希望自己没有这么做。

真希望这一切都可以撤销。真希望自己是一个不同的人，有一副不同的躯体，过着一种不同的生活。真希望小伊也会回馈她的爱。她在哭，因为这一切永远都不可能了。

她伸手握住小伊那湿漉漉软兮兮的手。她紧握着，尽可能地从船边探出身子。

有飞机的声音。

她松开小伊的手，咽下眼泪。自我保护的本能起作用了。

这里距离海岸很远。距离库莱布拉二十分钟船程，距离库莱布利塔十分钟。朱尔把手放在水面上，有道海流顺着两岛之间的海峡交通线流向广袤的大洋。她拉住小伊的手，直到拉到足够近的距离，好让她把绳子拴到小伊的腋下，并确保绳子拴得不紧不会留下痕迹。绳子很粗糙，打结很麻烦。朱尔弄得手疼，皮肤也擦破了几处，试了好几次才打出一个不会松脱的结。

她打开引擎，驾船顺着水流缓缓朝开阔水域驶去。等到海水露出深邃的颜色，她们已经远离了库莱布拉和库莱布利塔之间的航线。朱尔解开了绳子，让小伊随洋流而去。

尸体下沉得非常非常慢。

朱尔在水里荡了荡绳子，并用从船上的小工具箱里找到的刷子擦洗了一番。她的手蹭破了，流了一点儿血，不过除此之外身上没有什么别的痕迹。她将绳子整齐卷好，放回到船上原来存放的地方。然后好好将船桨擦洗了一番。

朱尔开动引擎，回程。

“索科洛夫女士？”大厅的前台办事员对她挥了挥手。

朱尔停下脚步，看着办事员。

他把她当成伊莫金了。在此之前从没有人把她们俩弄混过。

她们俩看起来并没有多像。不过自然，她们都是年轻的白人女性，个子不高，短发，有雀斑，说话时都带着东海岸的口音，完全有可能被认错。

“这里有您的快递，索科洛夫女士。”前台办事员笑着说，“给您。”

朱尔也笑了笑，“你可真是个好人。”她说，“谢谢。”

8

2016 年 9 月的第二周

马萨诸塞州，玛莎葡萄园岛，梅内沙村

这天距离朱尔收取那个快递还有六天，玛莎葡萄园岛上小伊房子的清洁工没来上班。清洁工名叫斯科特，大概二十四岁，比小伊、朱尔、布鲁克甚至福瑞斯特都大，不过伊莫金还是直接称呼他为清洁工。

斯科特是这座房子的房东推荐的，负责庭院修整和家政服务。泳池和热水浴池都需要日常维护。这座房子的窗户很多，通风很好，起居室和餐厅都有两层楼的高度。整座房屋有六个天窗，五间卧室，前后都有阳台，院子里还有玫瑰和其他植物，光保洁的活儿就不少。

斯科特是个白人，有一张宽阔扁平的脸，塌鼻子，脸颊粉粉的，深色的头发总是一副很不羁的样子。他的臀部狭窄，手臂肌肉发达。通常，他都只戴一顶棒球帽，上半身什么都不穿。

第一次遇见斯科特时，朱尔并不太清楚他是来干什么的。斯科特只是走进厨房，拿着拖把提着桶，把地擦了一遍。本来朱尔以为他和福瑞斯特没有什么不同，和小伊在岛上的各色酒肉朋友也没有什么不同，可是他就这么来了，赤裸着上身，干起了家务。“嗨，我是朱尔。”朱尔站在门口说。

“斯科特。”他并没有停下手头的活计。

“你去海边吗？”朱尔问。

“哈，不去。我就在这儿。我是伊莫金的清洁工。”他的美国英语口音纯正。

“哦，明白了。”朱尔不知道伊莫金会不会像跟寻常人聊天一样跟清洁工说话，还是说直接就把斯科特当成透明的。她还不了解这方面的行事准则。“我是小伊的高中同学。”

斯科特没有再说什么。

朱尔又看了看他，“要点喝的吗？”她问，“有可乐和健怡可乐。”

“我还有工作要做。伊莫金不喜欢我在这儿闲晃。”

“她有那么严格吗？”

“她知道自己的需求，这一点我尊重。”斯科特说，“而且她也付钱给我。”

“不过你想喝可乐吗？”

斯科特跪在地上，朝洗碗机底下容易藏污纳垢的地面上喷了点清洁剂，然后用一块粗海绵擦了起来，后背上的肌肉在汗水的映衬下闪闪发亮。“她给我付钱不是为了让我从她的冰箱里拿东西的。”过了一会儿，他终于回答道。

接下来的几天，情况逐渐明朗了起来，斯科特并不真是透明的。他的装饰效果实在显著，没人能忽略他的存在。不过除了说声“哈喽”之外，也没人跟他再多说什么。因此朱尔每次看到斯科特时也只是一声“嗨”，尽管她的视线总是不住地在斯科特的身体上游走。斯科特会收拾干净洗手间，拿出里面的垃圾，整理好起居室里被人们弄乱的物品。朱尔再没有问过他要不要喝可乐。

斯科特没来的那天是星期五。周五的早上，他通常都是在打扫厨房和浴室，然后去给草坪浇水。上午十一点他就不在屋子里了，所以没见到他也没人多想什么。

不过第二天他又没来。周六是他清理泳池修整花园的日子。小伊总是会在这一天把上一周的工钱放在厨柜台面上。那天钱也放在了老地方，但斯科特一直没有出现。

朱尔下了楼，换了衣服准备出去。布鲁克正坐在厨柜台面上，抱着一碗葡萄。福瑞斯特和小伊在餐桌旁吃着格兰诺拉麦片，上面还浇了厚厚的一层奶油，撒了山莓。水槽里堆满了盘子。“清洁工呢？”布鲁克冲着餐厅叫道。朱尔给自己倒了一杯水。

“他生我气了。”小伊回答。

“我生他的气。”福瑞斯特说。

“我也生气。”布鲁克说，“我让他给我洗好葡萄，脱光，把我从头舔到脚，可他到现在都没照做嘛。他连在都不在，我不知道这是怎么一回事。”

“有意思。”福瑞斯特说。

“我梦想中的男人该有的他都有。”布鲁克说，“他身材好，不乱说话，而且和你不一样——”她往嘴里扔了颗葡萄，“他会洗碗。”

“我也洗碗。”福瑞斯特说。

小伊笑了起来，“你只洗你自己用的那一个。”

福瑞斯特翻了翻眼珠，转回了前一个话题，“你给他打电话了吗？”

“没有。他想加薪，我不同意。”小伊轻巧地说。她抬起头，和朱尔对上了眼，“他还行，就是老迟到。我不喜欢早上一醒来就发现厨房乱糟糟的。”

“你把他炒了吗？”福瑞斯特问。

“没。”

“谈过加薪的事之后，他有说会继续干吗？”

“好像有，不太确定。”小伊站了起来，收拾了碗碟。

“怎么会不确定？”

“我觉得他会继续干，不过大概他不是这么想的。”小伊在厨房里说。

“我给他打电话。”福瑞斯特说。

“不行，你不能打。”小伊从厨房走了回来。

“为什么不行？”福瑞斯特拿起小伊的手机，“我们需要清洁工，他已经干熟了。可能你们之间有误会吧。”

“我说了，不许给他打电话。”小伊叫道，“你拿的是我的手机，这里也不是你家。”

福瑞斯特放下手机，又翻了翻眼珠，“我就是想帮上忙。”他说。

“你什么忙都没帮上。”

“我有在帮啊。”

“这里的所有事你都扔给我。”小伊说，“厨房食品清洁工采购Wi-Fi什么的都是我在弄。现在只不过我没按你想要的方式处理你就不高兴了？”

“伊莫金。”

“我可不是你的什么狗屁家庭主妇，福瑞斯特。”她说，“我也根本不可能是。”

福瑞斯特拿起笔记本，“斯科特姓什么？”他问，“我觉得我们该查查他的名字，看看有没有什么人对他有抱怨，看看他的信用怎么样。点评网之类的网站上肯定有他。”

“他姓卡特赖特。”小伊说，显然是不想再纠缠下去了，“不过你是找不到他的。他是葡萄园岛本地人，就做些杂活儿，收的都是现金。不会有网页的。”

“嗯，我总能找到——天呐。”

“怎么？”

“橡树崖的斯科特·卡特赖特？”

“是呀。”

“他死了。”

* * *

小伊跑了过去，布鲁克从厨柜上跳了下来，朱尔也从之前活动筋骨的大厅走了进来。所有人都聚集在了电脑前。

《玛莎葡萄园岛时报》的网站上登了一篇报道，一名名叫斯科特·卡特赖特的男子自杀身亡。他在邻居谷仓的房梁上用绳子上了吊，踢倒的梯子有二十英尺高。

“我的错。”伊莫金说。

“不，不是你的错。”福瑞斯特还在看屏幕，“他想要加薪但总是迟到。你只是不愿意给他涨钱而已。这和他自杀一点关系都没有。”

“他肯定是抑郁了。”布鲁克说。

“这上面说他没留遗书。”福瑞斯特说，“不过他们确定他就是自杀。”

“我觉得不是。”小伊说。

“得了吧。”福瑞斯特说，“又没人逼他在谷仓里爬上二十英尺高的梯子把自己吊起来。”

“嗯。”小伊说，“我觉得他们可能就是这么干了。”

“你太夸张了。”福瑞斯特说，“斯科特人不错，死了确实挺让人难过的，可没人杀他啊。理智点。”

“别跟我说什么理智不理智的。”小伊的语气如钢铁般冰冷。

“不会有人杀掉一个清洁工还伪装成自杀的样子的。”福瑞斯特从电脑前站了起来。他把长发绾成一根马尾，从手腕上退下一根皮筋绑了起来。

“别拿跟小孩子说话的语气对付我。”

“伊莫金，斯科特的事让你很伤心，这可以理解，但是——”

“根本不是斯科特的什么事！”小伊叫道，“我说的是你让我理智点。你老觉得你比我强，就因为你有大学文凭，就因为你是个男人，就因为你是格林威治马丁家族的人，因为——”

“小伊——”

“让我说完。”伊莫金叫道，“你住在我家，吃我的东西开我的车让我付钱雇来的可怜人给你收拾烂摊子。你的部分潜意识讨厌这一点，福瑞斯特。你讨厌我，因为我能负担得起这种生活，因为我能自己做决定——所以你一方面宠着我，一方面却无视我的想法。”

“我们就不能私下里再说这些吗？”福瑞斯特问。

“你走，让我静静。”小伊说。她的声音里充满疲惫。

福瑞斯特咕哝了一声就上了楼，布鲁克也跟了上去。

两个人刚一走，小伊就哭了起来。她走到朱尔身旁，一把抱住朱尔，咖啡和茉莉的香气扑面而来。两个人就这么站了半天。

* * *

二十分钟后，小伊和福瑞斯特开车出去了，说是要好好谈谈。布鲁克待在自己的房间。

朱尔健身运动完后独自消磨了早上的剩余时光。午餐吃了两片烤面包夹巧克力榛子酱，喝了杯橙汁蛋白粉。正在清洗杯盘时，她看见布鲁克拖着行李一步步从楼上挪到了起居室。

“我要走了。”布鲁克说。

“现在？”

“我可不想看戏。我要回拉霍亚的家里去。我父母肯定会说，布鲁克，你得去找个实习了！志愿者也行！回学校吧！肯定会很烦。可你看，我也有点想家了。”布鲁克突然转过身走进厨房，一把拉开食品柜门，拿了两盒饼干一袋玉米片，塞进挎包。“摆渡上的食物真是垃圾。”她说，“拜拜。”

傍晚，伊莫金回来了。她在阳台上找到了朱尔。

“福瑞斯特呢？”朱尔问。

“回他的工作室了。”小伊坐了下来，脱下凉鞋，“斯科特的追悼会在下周末。”

“布鲁克走了。”

“我知道，她发了短信。”

“她把饼干都拿走了。”

“布鲁克。”

“她说反正你也不在乎。”

“我也没打算存着。”伊莫金起身走到开关旁打开水池灯，池水亮了起来，“我觉得我们该走了，不带福瑞斯特。”

哦耶。

真的会这么简单吗？独享小伊？

“我觉得我们应该一早就走。”伊莫金继续道。

“OK。”朱尔装作不经意地说。

“我订机票。你理解的。我需要离开这儿，享受一下闺密时光。”

“我也不是非得待在这儿。”朱尔热诚地说，“我去哪儿都行。”

“我有个想法。”伊莫金密谋似的说。她在躺椅上伸了个懒腰，“有个小岛名叫库莱布拉，在波多黎各的海岸上。”小伊伸手摸了摸朱尔的手臂，“钱的事不用担心。门票、酒店、水疗——都算我的。”

“我都随你。”朱尔说。

7

2016 年 9 月的第一周

马萨诸塞州，玛莎葡萄园岛，梅内沙村

距离斯科特的死亡还有两天。朱尔晨跑回来的时候，斯科特正在清理浴池。他没穿衬衫，牛仔裤的裤腰松垮地挂在臀部，拖着浮叶清吸器，沿泳池边缘清理着水中的浮叶。

朱尔经过时他还很爽朗地道了声早安。小伊和福瑞斯特还没起来，布鲁克租的那辆车也不在车道上。朱尔抱起之前拿出来的那摞衣服，挂在户外淋浴房旁边的挂钩上，然后就进了淋浴房。

洗完澡，刮完腿毛，她又想起了斯科特。斯科特可真是漂亮。她对斯科特的健美身材和现金结账的工作产生了好奇：他是怎么变成一个甘愿清洗别人家厕所给别人家草坪除草的人呢？不论外表还是言谈，他都像是个伟大的白人直男动作英雄，就像你在一部部电影中看到过的那种一样。在这个世界，大概不用花费什么力气，他就能得到他想要的绝大多数东西。没有什么东西拖他的后腿，可他却在这儿，做着清洁工作。

也许是他喜欢这样。不过十有八九他是不喜欢的。

关掉水龙头后，朱尔听到斯科特正在泳池边和伊莫金说话。

“你得帮帮我。”他说，声音很低。

“不，我没这个义务其实。”

“求你了。”

“我可不想搅进去。”

“你不用参与什么，伊莫金。我来求你是因为我信任你。”

小伊叹了口气，“你来求我是因为我有银行账户。”

“不是这样的。我们俩你有情我有意。”

“你说什么？”

“一到下午你就去我那里，我从没有要求过什么，都是你自己想来的。”

“我已经一周多没去过你那里了。”伊莫金对斯科特说。

“我想你。”

“我是不会替你还债的。”伊莫金冷冷地说。

“我只需要临时周转一下，就几天时间，等他们放过我就好了。”

“这主意可不怎么好。”伊莫金说，“你应该去找银行，或者用信用卡提现。”

“我没有信用卡。那些家伙——他们可不是好惹的。他们在我车里留了条子。他们——”

“你就不该去赌。”小伊叫道，“怎么就蠢到了这种地步。”

“求你就帮我这一回吧，帮我把债还清，以后我绝不会再烦你。我会还你钱的，然后就从你面前消失，我保证。”

“一分钟之前还什么你有情我有意呢，这会儿就要消失了？”

“我什么都没有了。”斯科特乞求道，“口袋里就剩五块钱了。”

“你家人呢？”

“我爸早就跑了。我妈在我十七岁的时候得癌症死了。”斯科特说，“我谁也没有了。”

过了一会儿之后，小伊说，“抱歉。我以前不知道。”

“求你了，小伊，小甜心。”

“别来这一套。福瑞斯特就在楼上呢。”

“只要你帮我，我谁都不会惊动，我马上就走。”

“你这是在威胁我吗？”

“我只是在求一个朋友帮我还债，仅此而已。一万美金对于你这样的人来说根本不算什么。”

“你怎么会欠下这么多钱？赌什么了？”

斯科特低声回答，“斗狗。”

“不是吧。”小伊的语气里充满了震惊。

“我有条好狗。”

“斗狗这种运动非常血腥的，而且是重罪。”

“我认识一条搜救犬，它很能打。我还认识一个人，他有时候会安排比赛。他有两只公牛犬。它并不是那种，呃，有组织的活动。”

“既然这人在安排比赛那就是有组织的。专门有法律规定针对这种行为的。太残忍了。”

“那只狗喜欢打。”

“别这么说。”伊莫金说，“别。要是有人领养了她，好好对她，她才不会——”

“你没见过那只狗。”斯科特粗鲁地打断她，“总之就是，我们斗了一场，她输了，就这样。我在她受重伤前终止了比赛，因为你既然是狗的主人，而她——那场比赛不是我想的那样。”

朱尔屏息静听，户外淋浴房的围墙挡住了她，她一点都不敢动。

“反正就是我让所有那些在她身上下注的人都输了钱。”斯科特继续道，“他们说我应该让她斗到死。我说狗主人可以终止比赛，规则上有。他们说有是有，但没有人会那么做，因为那会惹毛所有在你家狗身上下注的人。”他的调门越来越高，“然后他们就说要把他们的钱要回来。组织比赛的那个人也说要收回他的投资。他说大家都在投诉，说我毁了他的生意，说我阻止斗狗是因为我……我好怕，伊莫金。你要是不帮我的话我真不知道该怎么收场了。”

“我来跟你分析一下形势吧。”伊莫金缓缓地说，“你是我的花匠、泳池清洁工，兼家政服务员。你在这儿工作。你的工作干得还不错，时不时地跟你约个会什么的也是个还不错的选择。但这一切并不意味着我有帮助你的义务，而且你的麻烦还是因为你对一只可怜的、毫无反抗能力的狗做出了那种违反法律的不道德的事。”

朱尔的汗都流了下来。

伊莫金说花匠、泳池清洁工，兼家政服务员的时候语气非常冷淡。在此之前，朱尔从没见过小伊对待她所鄙视的人是什么样子。

“你不会帮我了，这么说？”斯科特问。

“我们都不算认识。”

“得了吧，有几周你差不多每天都来我家。”

“我就从不知道你喜欢看狗互相撕咬到死。我就从不知道你还赌博。我也从不知道你居然会蠢到这种地步，残忍到这种地步。对我来说你就是我家的清洁工，除此之外什么都不是，我觉得你可以走了。”伊莫金对斯科特说，“擦地我找别人干也一样。”

* * *

小伊一直在对福瑞斯特撒谎，对朱尔也是。她编造了很多理由说明那些下午她都去了哪儿。她编造理由说明为什么回来时头发是湿的，为什么会那么累。她会说她去了什么地方采购，还说她跟布鲁克去打了网球。

布鲁克。布鲁克肯定知道斯科特的事。她和伊莫金经常一起回家，两个人抱着球拍提着水杯说着球打得如何如何，十有八九她们根本没去打网球。

斯科特离开了，没再说什么。大约一分钟后，小伊猛拍了一下淋浴房的门，“我看到你的脚了，朱尔。”

朱尔倒吸一口凉气。

“你怎么能这样偷听别人说话？”小伊叫道。

朱尔裹紧身上的毛巾，打开淋浴房门，“我正在擦干呢，你就从屋里出来了，我又不知道该怎么办。”

“你就爱四处打探，鬼鬼祟祟的。没人喜欢这样。”

“我知道了。能先让我把衣服穿上吗？”

伊莫金走开了。

朱尔真想冲上去在小伊那张假模假式的漂亮脸蛋上来一巴掌。

她应该感觉理直气壮才对，怎么就感觉尴尬，感觉被人出卖了呢？

然而她只能把愤怒发泄到别的地方去。

朱尔从淋浴房内的挂钩上一把拽下泳衣和泳镜，来到泳池游了一英里自由泳。

她又游了一英里，一直游到两臂发抖为止。

最后，她一头栽倒在池边木质夹板上铺的毛巾上，对着太阳，任由疲惫充满自己的身体。

* * *

又过了一会儿，伊莫金端着一碗巧克力馅儿的松饼走了出来。“我烤的。”她说，“为了向你道歉。”

“没什么好道歉的。”朱尔一动不动。

“我之前说的话太刻薄了，而且我一直在对你说谎。”

“说得好像我在乎似的。”

“你确实在乎啊。”

朱尔没有回答。

“我知道你在乎的，小面包。我们俩之间是不该有谎言的。你那么理解我，比福瑞斯特要强多了。布鲁克更不用说。”

“也许吧。”朱尔没绷住，露出了笑容。

“你确实有权利生气，是我的错，我知道。”

“大概吧。”

“我觉得，这一切大概都是因为我想要摆脱福瑞斯特吧。每次对男人感到厌倦时我就会这样，会有外遇。很抱歉没有告诉你，我自己都看不起我自己。”

伊莫金把松饼放在朱尔肩膀旁边的地上，与朱尔平行躺下。

“我想有家的感觉，但又想逃离。”小伊继续道，“我想和人亲近，但又想把他们都推开。我想沉浸在爱中，但又会挑上自己都不清楚自己会不会喜欢的人。有时候爱上他们后我又会亲手毁了一切，也许我是故意的吧。我也不知道是不是故意的。是不是一团糟？”

“中等程度的糟。”朱尔咯咯咯地笑了起来，“还没有糟到不可救药。最高十级的话，也就七级糟吧，我觉得。”

两个人又这么静静地躺了一会儿。

“不过七级糟应该是正常水准。”朱尔又补充道。

“我能用松饼贿赂你求求你原谅我吗？”小伊问。

朱尔拿起一个松饼，咬了一口，“斯科特简直就是男神啊。”她边咽着松饼边说，“那么漂亮的男人，你能怎么办？就把他扔一边看他清理泳池吗？我觉得在法律上你有义务把他扑倒。”

伊莫金呻吟道，“为什么他就那么性感呢？”她抓住朱尔的手，“我可真是个巫婆啊。原谅我吧？”

“我总是原谅你的。”

“你简直就是糖做的，我的小面包。和我去血拼吧！”听她的语气好像那会是件非常有意思的事。

“我累了，叫布鲁克和你去吧。”

“我不想要布鲁克。”

朱尔站了起来。

“别告诉福瑞斯特我们要跑了。”小伊说。

“我不会的。”

“你当然不会了。”伊莫金对朱尔笑了笑，“我就知道你靠得住，你一个字都不会跟他说的，对吧。”

6

2016 年 6 月末

马萨诸塞州，玛莎葡萄园岛

距离小伊烤松饼还有十周。朱尔发觉自己在摩夏海滩上既没带毛巾也没带泳衣。阳光炙烈，天气炎热。她从停车场一路跋涉下来，又沿着海浪的边缘漫步。巧克力色、珍珠色、铁锈色，高大的黏土山崖耸立在海岸边。黏土有些干裂，用手一摸软软的。

朱尔脱掉鞋子，踮着脚尖站立在水中，一动不动。大约五十码开外的地方，伊莫金和她的朋友正在安置下午消夏的装备。他们没带沙滩椅，那个男孩子解开袋子，拿出一条棉质沙滩毯、几条毛巾、几本杂志和一个小冷柜。

他们把衣服扔在沙地上，抹上防晒霜，从冷柜中拿出饮料喝了起来。伊莫金躺在毯子上看着杂志，男孩子捡来石块，堆砌着，石头一块摞着一块，在沙滩上堆出一个精巧的塑像。

朱尔走了过去，在距离他们还有几码远的地方叫道，“小伊，是你吗？”

小伊没有动，不过她的男朋友戳了戳她的肩膀，“她在叫你呢。”

“伊莫金·索科洛夫，对吧？”朱尔走到两人身旁，“是我啊。朱尔·韦斯特·威廉姆斯。还记得吗？”

伊莫金眯缝着眼睛坐了起来，从随身携带的网眼袋中摸出太阳镜戴上。

“我们是高中同学啊。”朱尔继续道，“在绿石楠。”

小伊看起来很不一样，朱尔想。脖子长长的，颧骨高高的，健康的阳光肤色，不过上半身很瘦，弱不禁风的样子。“我们是吗？”伊莫金问。

“只有高一的大半年啦。之后我就转走了。”朱尔说，“不过我还记得你。”

“抱歉，你说你叫什么来着？”

“朱尔·韦斯特·威廉姆斯。”朱尔又说了一遍。看到伊莫金又皱起了眉头，她又补充道，“我比你低一级。”

小伊笑了笑，“哦，很高兴又见到你，朱尔。这是我男朋友，福瑞斯特。”

朱尔站在那儿，感觉有些尴尬。福瑞斯特整了整头发，将长发重新绾成发髻。他的旁边放着几份《纽约时报》。“要喝点什么吗？”他问，语气倒是惊人的友好。

“谢谢。”朱尔蹲在毯子旁，拿了一罐健怡可乐。

“你这是要去什么地方吗？”伊莫金说，“背着包，提着鞋。”

“哦，我——”

“怎么没带海滩上用的东西？”

朱尔想到了一个最具吸引力的说辞，而这也正好是事实，“我临时决定来的。”她说，“我有时候就会这样。今天本来没打算来海边。”

“我包里还有一身泳衣。”伊莫金忽然热情地说，“要和我们一起游泳吗？我都快热死了，现在就得下水，不然我会中暑的，那样的话福瑞斯特就得沿着那条又臭又长的小路背我回去了。”她打量了一下福瑞斯特颀长的身体，“也不知道他有没有那本事。想去游泳吗？”

朱尔抬了抬眉毛，“正合我意啊。”

伊莫金从她的包里取出一件比基尼，递给朱尔。比基尼是白色的，非常袖珍。“从衣服里套上吧，我们水里见。”

说完，她和福瑞斯特就一路欢闹着跑进了海里。

这是朱尔第一次穿伊莫金的衣服。

她穿着伊莫金的泳衣潜入水中，巨大的幸福感油然而生。这么大的太阳，能有个机会在这海里，看着远处的天际线，任海水拍打身体，除了感到庆幸外还能怎么样呢？福瑞斯特和小伊的话不多，他们只是在海浪里翻滚，大笑，尖叫。累了之后，几个人都竖立在海水中浪还没有碎的地方，轻轻拨着水，让海浪带着他们上下起伏。“这个浪大。”“哦，不，后面那个更大，那边，看到了吗？”“哦，不，我都快死了，不过好刺激。”

等到几个人都冻得手指发蓝浑身发抖时，他们才回到了伊莫金的毯子上。朱尔发觉自己躺在了中间，福瑞斯特躺在一边，裹着航海主题的毛巾，伊莫金躺在另一边，仰面朝天，身上的水珠都还没干。

“从绿石楠转走后你去哪儿了？”伊莫金问。

“是他们把我给踢出去了。”朱尔说，“之后我姨妈就带我离开了纽约。”

“他们居然把你给踢出去了。”伊莫金兴致勃勃地说，福瑞斯特也放下了手里的杂志。

“对呀，他们就是把我给踢了。”那两个人都来了兴致。“因为卖淫。”朱尔说。

伊莫金的脸拉了下来。

“开玩笑啦。不是真的。”

伊莫金捂着嘴，低声笑了起来。

“有个叫蒂娜什么什么来着的以前老是欺负我，还在更衣室里威胁我。”朱尔说，“最后我把她的头撞到砖墙上了。她落了个缝针的下场。”

“是那个一头卷发的吗？高个子？”伊莫金问。

“不是的。是老跟着她混的那个矮子。”

“我不记得了。”

“不记得更好。”

“你把她头撞墙上了？”

朱尔点点头，“我可是个斗士。这也算是种天赋。”

“斗士？”福瑞斯特问。

“我很能打的。”朱尔说，“不是打群架那种，就是——嗯，自我防卫。打黑除恶。保护哥谭市。”

“真不敢相信我从没听说过你把一个姑娘打到医院的事。”伊莫金说。

“没人声张。蒂娜不愿意说，因为她不想让别人知道我出手阻止她之前她对我做的事，你懂的吧？而且这事儿让绿石楠也脸上无光。女生打架斗殴。就在冬季音乐会前不久。”朱尔说，“所有家长都来了，他们让我唱完歌就把我踢走了。还记得吗？那个叫卡拉维的女生唱了独唱。”

“哦，对，佩顿·卡拉维。”

“我们唱了一首格什温的歌。”

“还有‘驯鹿’。”伊莫金说,“我们都那么大了还要唱‘驯鹿鲁道夫’，太可笑了。”

“你穿了一条前面带衣褶的蓝色天鹅绒连衣裙。”

伊莫金用双手捂住眼睛，“真不敢相信你还记得那件衣服！一到过节我妈就让我穿那种东西，我们都不过圣诞节还要穿。她把我整得跟个美国小姐洋娃娃似的。”

福瑞斯特戳了戳朱尔的肩膀，“你到秋天也该上大学了吧。”

“我高中上完得早其实。所以我已经上了一年了。”

“在哪儿？”

“斯坦福。”

“你认识埃莉·索恩伯里吗？”伊莫金问，“她也去那儿了。”

“应该不认识。”

“沃克·德安杰洛呢？”福瑞斯特问，“他在读艺术史的研究生。”

“福瑞斯特已经毕业了。”伊莫金说，“可对我来说那地方简直就是地狱大堂嘛，所以我不打算再去了。”

“你都没努力过。”福瑞斯特说。

“你说话跟我爸似的。”

“哈，生气啦。”

小伊摘下太阳镜，“福瑞斯特正在写小说。”

“什么样的小说？”朱尔问。

“塞缪尔·贝克特和亨特·斯托克顿·汤普森混搭。”福瑞斯特说，“托马斯·品钦是我的偶像，所以里面也有他的影响。”

“哈，自求多福吧。”朱尔说。

“啊啊，确实是个斗士嘛。”福瑞斯特说，“你看，伊莫金，我有点喜欢上她啦。”

“他喜欢坏脾气的女人。”伊莫金说，“这是他少数的几个可爱特质之一。”

“我们喜欢他吗？”朱尔问。

“我们容忍他，因为他的颜值。”小伊说。

* * *

觉得饿了之后，三个人走路去了阿奎那镇上的商业区。这片区域集中了不少小吃摊，福瑞斯特给他们三个买了三包炸薯条吃。

小伊对柜台后的伙计露出灿烂的笑容，“你肯定会笑我的，不过我想给我的斯纳普软饮加四片柠檬，我爱死柠檬了。能帮个忙吗？”

“柠檬？”伙计问。

“四片。”小伊说。她趴在柜台上探出身子，仰起头看着伙计。

“没问题。”那个伙计说。

“你在笑话我加柠檬。”她说。

“我没有。”

“你在心里笑呢。”

“没有啦。”伙计切好柠檬，放在一个红白相间的纸杯中，从柜台内侧推了过来。

“那就谢谢你啦，谢谢你这么严肃地看待我的柠檬。”说着，伊莫金捡起一片柠檬放进嘴里，吮吸起了汁液。她含着柠檬咕哝道，“尊重柠檬很重要，这样它们才会觉得自己有价值。”

他们找了张野餐桌坐了下来，从他们坐的地方看过去，一边是停车场，一边是海。停车场再朝外的地方有人在放风筝。这天的风很大。经过常年的风吹日晒，野餐桌的表面已经褪成了灰色，还坑坑洼洼的。伊莫金吃了几口薯条，又从包里拿出一根香蕉，用勺子舀着吃了起来。

“你一个人来的？”小伊问，“我是说一个人来葡萄园岛？”

福瑞斯特已经翻开了他的《纽约客》，微微侧着身背对着她们。

朱尔点点头，“嗯，我从斯坦福退学了。”朱尔讲了那个关于色魔教练和失去奖学金的故事，“我又不想回家，跟我姨妈相处得不太好。”

小伊探出身子，“你跟你姨妈住？”

“现在不了。我跟家里已经没什么关系了。”

福瑞斯特笑了起来，“伊莫金也没有。”

“我当然有。”伊莫金说。

“才没有呢。”福瑞斯特说。

朱尔看着伊莫金的眼睛，“这么说我们有个共同点了。”

“嗯，大概有吧。”小伊把香蕉皮扔进垃圾箱，“这样，你跟我们到我那儿去吧。我们可以一起在游泳池游泳，然后大家一起吃个晚餐。有几个临时的朋友也会来，都是新认识的，在岛上只待一两周的那种。我们准备烤牛排。我就住在梅内沙，那房子你都不敢相信，简直大得吓人。”

朱尔当然想答应，但又有些犹豫。

伊莫金坐到朱尔身旁，双腿跟她并排，“就跟我去吧，很好玩的。”她连哄带骗地说，“我都很长时间没有过闺密夜谈了。”

* * *

梅内沙村那栋大宅的天花板非常高，窗户也大得惊人，即使是日常活动似乎也有无限的空间和光照；即使是饮料感觉也比其他地方的饮料更冰，气泡更多。

朱尔、福瑞斯特和小伊在泳池游了泳，然后又用了户外淋浴。晚餐时，那些临时的朋友也都来了。不过朱尔知道自己并不属于临时的那一组，她从伊莫金叫她照看烧烤时的样子和坐在地上蜷缩在她脚边时的样子看得出来。伊莫金告诉她可以在客房住一晚。那些临时的朋友纷纷拥向自己的汽车，并提议可以载她一程，送她穿过漆黑的岛上道路，回她住的酒店。

朱尔谢绝了他们。

小伊带她看了二楼的一个房间。那间屋子里有一张大床，挂着飘逸的白窗帘——不过有些奇怪的是，墙角摆着一个不大的古董木马，旁边的大木桌上还放着不少古旧的风向标收藏。那晚朱尔睡得很香，醒来时已经日上三竿了。

第二天早上，福瑞斯特绷着一张脸开车送她回酒店收拾东西。拖着箱子再次回来时，朱尔看到小伊在她那间屋子里放了四瓶花儿。四瓶。小伊还在她的床头桌上留了几本书：萨克雷的《名利场》，狄更斯的《伟大前程》，还有一本《玛莎葡萄园岛内部指南》。

接下来的几天过得眼花缭乱。小伊的朋友们——那些临时的朋友，有些真的就只是一周内的朋友，海滩上打过照面或者在跳蚤市场偶然认识的——都在那所大宅里进进出出。他们涌向游泳池，享受着野餐，摩肩接踵，笑得歇斯底里。所有人都是那么年轻：俊俏阴柔的男孩子和同样俊俏吵闹的女孩子。他们中的大多数都是些风趣健谈、嗜好酒精、不善运动的大学生或艺校生。除却这个共同点，这些人背景各异，性取向也各异。伊莫金是纽约市长大的小孩儿：思想开放到朱尔只在电视上见过的程度，并且对自己的交友之道和待客之道极为自信。

朱尔花了一两天时间适应，不过很快就觉得已经游刃有余了。她用绿石楠、斯坦福以及相比之下不那么劲爆的芝加哥的故事迷得那些临时朋友团团转。他们想要辩论时她就兴致勃勃地跟他们辩论。她逗引他们，然后忘掉他们的名字，然后让他们知道自己忘了他们的名字，因为遗忘会让他们更加崇拜她，让他们更想努力给她留下印象。一开始，朱尔还会给帕蒂·索科洛夫发一些照片，写一些闲话家常格调积极的电邮，不过没过几天朱尔也就像伊莫金一样不再费心了。

伊莫金让她有了一种被人需要的感觉，一时间那新奇的喜悦充满了朱尔的生活。

* * *

这天，朱尔忽然发现房子里只剩自己一个人了，这可是她住到这儿两周以来的头一回。福瑞斯特和小伊去外面吃午餐约会去了。最近新开了一家餐厅，小伊想去尝尝。

朱尔坐在电视机前吃掉了头天的剩饭，然后就上了楼。她停在小伊卧室的门口，站了好一会儿，看着卧室里面。

床铺得很整齐。桌上放着书，放着一罐手霜，还有福瑞斯特的眼镜盒和一个空盘子。朱尔走了进去，打开一个香水瓶抹了一点，然后摩擦了一下双腕。

衣柜里挂着伊莫金的衣服，其中一件深绿色的长裙是她常穿的，薄棉款，胸部深 V 开口，根本不可能在里面再穿文胸。小伊是平胸，所以穿不穿也无所谓。

朱尔想也没想就脱掉了身上的运动短裤和已经褪色磨损的斯坦福 T 恤，然后又脱掉了胸罩。

她套上小伊的长裙，找出一双凉鞋配上，戴上小伊的戒指，八枚动物形的戒指，就放在梳妆台上。

一侧的墙壁上靠着一面镶嵌银边的宽大全身镜。朱尔转过身，看着镜中的自己。她扎着马尾辫，不过除此之外，在卧室昏暗的光线中，她看起来就像伊莫金，非常像。

所以原来是这种感觉。坐在伊莫金床上的感觉，喷上伊莫金香水的感觉，戴上伊莫金戒指的感觉。

晚上，小伊就躺在这张床上，旁边的福瑞斯特不过是个可替代品。小伊会抹上手霜，在书里插上书签。早上，一睁开眼睛，她就会看到那蓝绿色的被单，还有那幅大海的画儿。原来就是这种感觉，知道这所巨大无比的房子是自己的，不用为金钱和生存的问题而担忧，被吉尔和帕蒂的爱包围。

生活毫不费力，衣饰如此美丽。

“什么情况？”

小伊正站在门口。她穿着牛仔短裤和福瑞斯特的连帽卫衣，嘴唇上泛着红润的光泽，那是她不常用的一种色号，看起来不太像朱尔心目中的伊莫金。

巨大的羞耻感淹没了朱尔，但她还是强笑着说，“我觉得应该没什么吧。我需要找条裙子，有个家伙刚联系我。”

“有个家伙？”

“橡树崖的那个，骑旋转木马时跟我聊过天的。”

“什么时候的事？”

“刚发的短信，问我要不要半小时后跟他在雕塑园见个面。”

“随你怎么说了。”小伊说，“能不能请你把我的衣服脱掉？”

朱尔感觉脸上烧乎乎的，“我以为你不介意的。”

“你现在脱吗？”

朱尔脱下小伊的绿色长裙，让长裙落在脚下，然后从地上捡起自己的胸罩。

“那些戒指也是我的吗？”小伊问。

“是的。”没有什么好假装的了。

“为什么要穿我的衣服？”

朱尔从长裙中迈出脚，把裙子挂了回去。她穿上自己那几件衣服，把戒指都放回到了梳妆台上。

“我觉得应该没有哪个家伙正在雕塑园里等你。”小伊说。

“随你怎么想吧。”

“到底怎么回事？”

“很抱歉我穿了你的衣服，我再也不会这样了。OK？”

“OK。”小伊打量着刚把凉鞋放进衣柜正在给运动鞋系鞋带的朱尔，“我有个问题。”说话间朱尔正要经过她身边出门去。

朱尔的脸还在烧，她一个字都不想说。

“先别走。”小伊说，“就问一个问题，好吗？”

“什么问题？”

“你是不是破产了？”伊莫金问。

是。不是。是。这个问题让她感觉好脆弱，朱尔恨这种感觉。

“破透了。”她终于开口道，“是的，我一分钱都没有了。”

小伊用一只手捂着嘴，“我都不知道。”

就这样，朱尔又掌握了先手，“没事啦。”她说，“我会去找工作的。我是说，我只是还没做好面对这些的准备。”

“我早该想到的。”小伊坐在床边，“我知道你不会再回斯坦福去了，你也说过跟你姨妈断了联系，我就是没把前后都联系起来。看你一天老穿同一件，从不买东西，每次都是我出钱。”

哦，这么说她还需要买东西了？这条行为准则朱尔一直没有意识到。不过她只是对伊莫金说，“没事啦。”

“不，有事，朱尔。我真的很抱歉。”小伊思考了一下，又说，“看来我是以自己的经验来推断你的生活了，真不该这样。而且我也没问过你，看来我在这方面还是缺乏经验。”

朱尔耸耸肩，“是你比较幸运。”

“艾萨克总是说我视野狭窄，总之啦，你想借什么都行。”

“现在感觉倒有点怪怪的了。”

“别觉得怪。”小伊打开衣柜，里面塞满了各种服装，“我拥有的远超所需。”

她走回朱尔身旁，“我帮你弄下头发，发卡都松了。”

朱尔的头发很长，绝大多数时候，她都把头发梳到后面，紧紧地系起来。她弯下脖子，小伊将她脖子后面松掉的几缕头发都重新别了回去。

“你应该把头发剪了。”小伊说，“你适合剪短发，不像我。前刘海稍微长点吧，我觉得，耳朵两边打薄。”

“不要。”

“明天我就带你去我的理发师那里，只要你愿意。”小伊鼓动道，“钱我出。”

朱尔摇摇头。

“就让我为你做点什么吧。”小伊说，“这是你应得的。”

第二天在橡树崖，没有了头发的重量让朱尔一下子感觉轻盈了许多。有伊莫金照顾她真好。剪好头后，伊莫金还借给她一根唇彩，带她到一家可以俯瞰整个港湾的餐厅吃了午餐。饭后，她们去了一家古董珠宝店。“我要看你们这里出售的最不寻常的戒指。”小伊说。

店家翻找了一会儿，用天鹅绒托盘托出了六枚戒指，排成一线。伊莫金一个一个地仔细试戴，最后挑了一枚蛇形的玉戒，付了钱，将装着戒指的蓝色天鹅绒盒子交给朱尔，“这个送给你。”

朱尔立刻打开盒子，将那条蛇戴在了右手无名指上，“我还年轻不想结婚。”她说，“你可别想多了。”

小伊笑了起来，“我爱你。”她漫不经心地说。

这是小伊第一次用爱这个字。

* * *

第二天，朱尔借了车去岛另一头的五金店拉烧烤用的液化石油气。

她还顺便买了点日用品。回来时，正遇到伊莫金和福瑞斯特赤身裸体地缠绕在泳池中。

朱尔就站在纱门内，看着他们。

那两个人纠缠在一起，真难看。福瑞斯特的长发湿漉漉地搭在肩上，眼镜放在泳池边，没有了眼镜的那张脸看起来空洞而虚无。

这怎么可能？朱尔确定伊莫金不可能真的爱福瑞斯特，不可能真的想要福瑞斯特。福瑞斯特只是个概念上的男朋友，一个占位用的牌子。尽管他本人不知道，但他也只是临时的，就跟那些过来吃顿晚饭然后就消失不见的大学生和艺校生一样。福瑞斯特不知道小伊的秘密，不是那个被爱着的人。朱尔从不相信小伊可以捧着他的脸亲吻他同时还一副饥渴迷乱的表情，就像现在这样。她都不敢相信伊莫金真的会在福瑞斯特面前裸体，显露出这么脆弱的一面。

福瑞斯特看到她了。

朱尔正面迎接福瑞斯特的目光，期待他尖叫，或露出尴尬的样子，可福瑞斯特只是对小伊说，“你的小朋友来了。”就好像是在说一个孩子。

伊莫金回过头，说：“拜拜，朱尔，回头见。”

朱尔转身跑上了楼。

几小时后，朱尔下了楼。厨房里传来播客的声音，这是伊莫金做饭时的习惯。朱尔来到厨房，看到小伊正在切烧烤用的西葫芦片。

“需要帮忙吗？”朱尔问。她感觉非常尴尬。目睹了那个场面，对她来说简直就是折磨，所有这一切都可能会毁在这一点上。

“抱歉之前让你看了个现场动作片。”伊莫金轻描淡写地说，“帮我切个红葱头吧？”

朱尔从碗里拿出一个葱头。

“我刚有伦敦那套公寓的时候——”伊莫金继续道，“有两个暑期班认识的女孩子，她们俩是一对儿。那时候她们刚出柜，你懂的，都离开了家，八月份的时候就住在我那儿。一天，我进来时正撞见她们在厨房地板上办事呢，一丝不挂还叫得高潮迭起。我肯定是正好撞到什么关键时刻了，你懂我的意思吧。当时我就想，天呐，我们以后还有办法面对彼此吗？以后还怎么一起去泡吧，一起去吃鱼吃薯条？经过这个之后？怎么看都不可能嘛。我当时有种感觉，我可能要失去两个极好的朋友了，就因为回家的时机不对。不过她们的反应却是，‘哦，抱歉让你看了个现场动作片。’结果我们大笑了一场，想想真是有意思。所以我当时就想，要是我遇到类似的情况，那到时候我一定也要这样说。”

“你在伦敦有公寓？”朱尔盯着手中正在剥的洋葱问。

“算是个投资啦。”小伊说，“有点心血来潮的那种。当时我在英格兰参加暑期班，帮我管钱的人建议我考虑一下不动产，而我爱那个城市。我当时第一个看的就是那所公寓，一时冲动就买了，虽然完全是选错了国家，不过我一点都不后悔。那片地方挺可爱的，叫圣约翰伍德。”小伊的发音接近辛耶翰伍德，“和朋友们一起装饰公寓是我做过的最有意思的事。我们还在城里转了转，当了回游客。伦敦塔，警卫换防，蜡像馆。

我们就靠消化饼干活了几天，那时候我还没学会烹饪呢。那地方随时可以借给你。反正我现在也不用了。”

“我们可以一起去。”朱尔说。

“哦，你一定会爱上那儿的。钥匙就在这儿。我们明天就能去。”说着，小伊拍了拍放在厨房柜台上的背包，“也许确实应该一起去。你能想象吗？只有你和我，在伦敦？”

* * *

小伊喜欢充满激情的人。她希望人们喜欢她喜欢的音乐，喜欢她喜欢的书，喜欢她送的花。她希望人们关心香料的气味或一种新上市的盐的口感。有不同意见没关系，她只是讨厌精神萎靡、优柔寡断。

朱尔读了小伊放在她床头桌上的那两本关于孤儿的书，接受了小伊带给她的一切东西。她会用心去记红酒标签，奶酪标签，小说中的段落和各种食谱。她对福瑞斯特也很好，尽管好斗却愿意曲意逢迎，尽管信奉女权但却作出小女人的样子，尽管愤怒异常但却表现友好，尽管能言善辩但却不说教。

她很清楚自己是在通过改变自己来讨好伊莫金——这就像跑步一样，真的。鼓足力量，一英里，然后又一英里。慢慢地你的耐力就增长了，总有一天你会发现，自己已经喜欢上了这一切。

朱尔在葡萄园岛的宅子里住到第五周的时候，布鲁克·兰农出现在了小伊的门前。开门的是朱尔。

走进门后，布鲁克将大包小包一把扔在沙发上。她那丝滑的金发绾着一个发髻，蓝色的法兰绒衬衫看起来又老又旧。“小伊，你还活着呐，你这个巫婆。”她对刚刚走进起居室的小伊说，“瓦萨学院那帮家伙都以为你死了呢。我跟他们说你上周给我发了信息，居然都没人相信我。”她转过身，看了一眼福瑞斯特，“这就是你说的那个？叫什么来着？”大大的问号飘荡在空中。

“这位是福瑞斯特。”小伊说。

“福瑞斯特！”布鲁克边说边跟他握了握手，“OK，咱们拥抱一下吧。”

福瑞斯特拥抱得很勉强，“很高兴认识你。”

“谁认识我都会觉得高兴的。”说完，布鲁克又指了指朱尔，“这又是谁？”

“别那么刻薄。”小伊说。

“我是在表示友好。”布鲁克说，“你是谁啊？”这次是问朱尔。

朱尔硬挤出一个微笑，并介绍了自己。她不知道布鲁克会来。很显然布鲁克也不知道她在这儿。“伊莫金说你是她在瓦萨学院最喜欢的人。”

“我是所有人在瓦萨学院最喜欢的人。”布鲁克说，“所以我只好退学了。那里只有两千人而已，对我来说太少了。”

她拽起行李包上了楼，径自住进了第二好的那间客房。

5

2016 年 6 月末

马萨诸塞州，玛莎葡萄园岛

距离布鲁克的到来还有五周，这天正是朱尔来到玛莎葡萄园岛的第七天。朱尔挥霍了一把，搭乘了环岛游览巴士。这趟巴士上的绝大多数乘客都属于那种根据旅游网站推荐的景点行程到此一游的人。他们拖亲带友，喧闹得不得了。

下午时，巴士开到了阿奎那灯塔，导游说这里原是盖伊角万帕诺亚格部落的定居地，一六〇〇年后被英国殖民者占据。导游滔滔不绝地讲起了捕鲸，游客们则从大巴上蜂拥而出，好一睹灯塔的风采。从瞭望台上可以看到摩夏海滩那五颜六色的黏土悬崖，不过不冒着酷暑走上半英里的话是到不了海滩的。

朱尔离开观景台朝阿奎那商店区晃悠了过去，那里聚集着一些小店，专门售卖旅行纪念品、万帕诺亚格部落工艺品和各种小吃。她在那些低矮的建筑中进进出出，漫无目的地抚弄着摊位上的项链和明信片。

也许，这辈子应该就待在玛莎葡萄园岛不走了。在商店或者健身房找份工作，在海边消磨时光，找个住处。放弃所有那些努力，不再那么有野心。接受眼下的生活，并为此而感恩。没人能把她怎么样，也根本不用去找什么伊莫金·索科洛夫，如果她不想去找的话。

朱尔走出商店，一个年轻人也从对面的商店走了出来。他的年龄和朱尔差不多，不，还要大一点，手里提着一个大号帆布购物袋。他很瘦，腰身苗条，没有什么肌肉，不过看起来举止优雅，身段柔软。他的鼻子微微有些曲线，骨架结构很漂亮，头发是棕色的，在头顶上绾成了一个发髻。他穿着一条黑色的棉质休闲裤，裤脚一直拖到地上，都磨破了，脚上穿着人字拖，T 恤上印着几个大字：拉森鱼市。

“真不知道你为什么要进去。”他对应该还在店里的同伴说，“买那些一点用处都没有的东西根本没什么意义。”

里面没有人回答。

“小伊！快点吧。咱们去海滩。”男孩子叫道。

啊，这就是了。

伊莫金·索科洛夫。头发剪得短短的，比照片上还要接近金色，就像个精灵一样，不过毫无疑问这就是她。看起来就是这个样子。

伊莫金旁若无人地从商店里走了出来，仿佛根本没有什么朱尔在等她，在找她，找了一天又一天。她很可爱，更重要的是，很闲适，就好像那可爱是与生俱来的一样。

朱尔有些希望伊莫金能认出她，但这种事根本不会发生。

“你今天脾气不好啊。”小伊对那个年轻人说，“你脾气不好的时候很不好玩。”

“你反正什么都不买。”年轻人说，“我想去海滩了。”

“海滩又跑不了。”伊莫金边说边在包里摸了摸，“而且谁说我什么都不买？”

年轻人叹了口气，“你买什么了？”

“给你的。”说着，伊莫金从包里掏出一个纸包递了过去。男孩子拆开胶带，从里面取出一根编织手链。

朱尔本以为伊莫金的男朋友会露出恼火的神色，但那男孩子反而笑了起来。他戴上手链，把脸都埋进了伊莫金的脖子里，“我喜欢。”他说，“太完美了。”

“这是首饰。”伊莫金说，“你讨厌首饰。”

“可我喜欢礼物。”年轻人说。

“我就知道你喜欢。”

“走吧。”年轻人说，“水应该暖和着呢。”他们穿过停车场，朝通往海滩的小路走去。

朱尔回过头，导游正在朝人群挥手，示意大家上车，还有五分钟就该出发了。

她没有其他回旅店的法子。她的手机就快没电了，而且她也不确定在岛上的这个地方能不能叫到出租车。

不过无所谓。她找到伊莫金·索科洛夫了。

朱尔没有上车，巴士就这么开走了。

4

2016 年 6 月的第三周

玛莎葡萄园岛

一周前，朱尔在机场安检口被安检员拦了下来。“女士，这个包要带上飞机的话，化妆品必须装在透明塑料袋里才可以。”那个安检员告诉她。安检员穿着一身蓝色的制服，脖子上的肉松垮垮的。“你没有看提示牌吗？单个容量不能超过三点四盎司。”

安检员用戴着蓝色乳胶手套的手翻查着朱尔的行李，拿出了里面的香波、护发素、防晒霜、身体乳，然后全部扔进了垃圾箱。

“我们再过一遍。”说着，他拉上行李包的拉链，“应该没问题了，你再等一下。”

朱尔等在那儿，尽量装出一副自己知道怎样打包航空行李中的液体只不过这次忘了的样子。不过她感觉自己的耳朵已经烧了起来。这种浪费让她感觉很恼火。她觉得自己好渺小，好没有经验。

飞机座舱很狭窄，塑料座椅因为多年的使用都有不同程度的磨损，不过朱尔却很享受飞行。窗外的景色美极了，天空万里无云，海岸线一直蜿蜒向远方，棕色的、绿色的。

她住的酒店在橡树崖港口的对面。那是一座维多利亚式建筑，外墙上装饰着白色的线条。朱尔把行李箱放进房间后就出了门，经过几个街区一路走到了环形大道。镇上到处都是游客，有几家小店里的衣服不错。朱尔需要新衣服。她有维萨礼品卡，她也知道那衣服穿在她身上很好看，但她还是犹豫了。

她看着街上路过的那些女性，她们穿着牛仔裤或者棉质的短裙，脚上穿着露趾凉鞋，都是素淡的颜色或者海军蓝色的。她们背着布包，没有皮质的。她们用的唇彩是裸色或者淡粉色的，没有鲜红的。有些人还穿着白裤子、帆布鞋。看不出来她们戴的是怎样的文胸，即使有人戴了耳环，也是最小的那种。

朱尔取下自己的大耳环装进包里，又回到商店，买了一条男友风的牛仔裤、三件白色无袖上衣、一件长款羊毛开衫、一双帆布鞋，还有一条白色吊带裙。最后，她还挑了一个印有灰色花朵图案的帆布单肩包。所有这些都用礼品卡付了账之后，她又从取款机里取了些现金。

站在街角，朱尔将她的身份证件、现金、化妆品、手机全都转到了新买的包里。她打了通信运营商的客服电话，用那张维萨卡的号码设置了自动缴费，然后又打给了她的室友丽塔，通过语音留言道了歉。

* * *

在酒店里健身沐浴后，朱尔换上了那条白裙子，然后把头发吹出蓬松的波浪。她得去找伊莫金，不过这件事等到第二天也不晚。

她走到一个面向港湾的海鲜大排档，要了一份龙虾卷。菜端上来后和她想象的并不一样，就是烤热狗面包里夹着裹了蛋黄酱的龙虾块儿。她想象中的这道菜外观要优雅得多。

于是她又要了一份炸薯条作为替代。

漫无目的地走在小镇的街道上感觉怪怪的。朱尔在旋转木马前停下了脚步，那个旋转木马位于一座阴暗的老建筑里，室内弥漫着一股爆米花的气息。旁边的标牌上说，这个“飞马”是“美国最老的旋转木马”。

她买了张票，人不多，只有几个小孩子和带着他们的哥哥姐姐，父母们都在等候区玩儿着手机。这里放的音乐也是老式的。朱尔上了外侧的一个木马。

木马旋转了起来，她注意到了旁边木马上的那个男子。男子身材精瘦而结实，三角肌、背阔肌都很发达，可能是个攀岩爱好者，肯定不是举铁的。朱尔猜他大概是白种人和亚洲人混血吧。他的黑发很浓密，就是有一点点太长了，整个人看上去好像是常年在户外活动的。“我现在感觉就像个二缺。”木马开动起来后他对朱尔说，“我肯定是疯了才会想来坐这个。”他说一口标准美国口音的英语。

“怎么会呢？”朱尔反问道。

“有点恶心。现在就是，刚一开动我就感觉到了。恶。而且这里只有我一个人年龄大于十岁。”

“还有我。”

“还有你。我就小时候坐过一回旋转木马，和家里人来度假的时候。

我本来是在等渡船的，还有一个小时的时间，所以我就想——干嘛不呢？回味一把旧时光。”他用一只手揉了揉额头，“你呢？是带小弟弟小妹妹一起来的吗？”

朱尔摇摇头，“我喜欢骑旋转木马。”

男子探出身子伸出手，“我叫保罗·桑托斯。你呢？”

朱尔有些笨拙地握了握手，两匹木马正在上上下下。

这个人就要离开葡萄园岛了，朱尔和他只会有几分钟的交谈，之后他们就再也不会相见。一时冲动之下，朱尔撒了个谎，虽然这么做毫无道理可言，“我叫伊莫金·索科洛夫。”

这名字似乎很顺口，而且，要是能成为伊莫金应该也挺不错的。

“哦，你就是伊莫金·索科洛夫？”保罗仰起头，抬了抬曲线柔和的眉毛，“我刚才应该猜到的，就听说你好像在岛上呢。”

“你知道我在这儿？”

“我来解释一下吧，我刚才没说真名，真抱歉，这么做可能有点疯狂吧。只有姓是假的。名字确实是保罗，不过不姓桑托斯。”

“哦。”

“抱歉。”他又揉了揉额头，“这么做挺怪的，不过我刚才觉得，反正就只能聊几分钟嘛。有时候出去旅行的时候我挺喜欢假装成另一个人的。”

“没事啦。”

“我叫保罗·巴亚尔塔·贝尔斯通。我爸，斯图尔特，和你父亲是校友。

我敢说你肯定见过他。”

朱尔抬了抬眉毛，她听说过斯图尔特·贝尔斯通，那是个大金融家，最近因为新闻网站上说的什么“D&G 交易丑闻”被送进了监狱。两个月前庭审刚刚结束的时候他的照片在新闻上到处都是。

“我和你爸还有我爸打过好多次高尔夫了。”保罗继续道，“那还是在吉尔生病之前的时候。他经常提起你。你上了绿石楠，然后去了——瓦萨学院，是吧？”

“嗯，不过秋季学期后我就退学了。”朱尔说。

“为什么呢？”

“这个故事就又臭又长了。”

“说说吧。这能帮我分散恶心的注意力，这样我就不会吐到你身上了。这可是双赢。”

“按照我爸的话说就是，我整天和那些狐朋狗友混在一起，一学期都没好好学习，没有发挥出我的潜力。”朱尔说。

保罗笑了起来，“听起来确实像他说的话。那按照你的话说呢？”

“按照我的话说……就是我想拥有和本该的命运不同的生活。”朱尔缓缓地说，“来这里只是获得这种生活的手段。”

旋转木马速度变慢，最终停了下来。两个人下了木马，走到旁边。保罗拿起之前藏在墙角的大背包，“要吃冰激凌吗？”他问，“我知道这个岛上哪里的冰激凌最好吃。”

两个人走到一家小店，争论了半天是要热巧克力还是奶油糖果口味后，决定各要一个解决争端。保罗说，“你也在这儿，真有意思。我感觉我们都擦肩而过几百万次了。”

“你怎么知道我也在玛莎葡萄园岛？”

保罗吃了一勺冰激凌，“你还是小有名气的，伊莫金。退了学，又玩失踪——然后到了这儿。说实话，我刚到岛上的时候你爸让我给你打电话来着。”

“他才没有。”

“真的。他给我发邮件了，看。六天前我还打了你的号码呢。”保罗掏出 iPhone 给她看了最近通话记录。

“感觉有点诡异。”

“一点都不啊。”保罗说，“吉尔就是想知道你最近怎么样，仅此而已。他说你没给他打过电话，你离开了学校，然后来了葡萄园岛。要是我看到了你，就让我给他回个信儿报个平安。他想让我告诉你他要做手术了。”

“我知道他要做手术。不久前我就在城里，和他在一起。”

“这么说我的努力又白费了。”说着，保罗耸耸肩，“反正也不是第一次了。”

两个人走回港口，看了看船。保罗说了说他到处旅行的理由：逃离父亲破碎的名誉和家庭变故的余波。他五月份刚从大学毕业，本来是打算去读医学院的，不过又觉得还是应该在报到前好好游历一番。此刻他正要前往波士顿，在那里住过一夜后再搭乘飞机去马德里。在那里他跟一个朋友会合，一起背包旅行一年多的时间——先是欧洲，然后亚洲，最后到菲律宾。

保罗的船到了。离开前，他在朱尔的唇上轻吻了一下。那个吻非常温柔，而又充满自信，一点逼迫的意思都没有。因为奶油酱的缘故，他的嘴唇还有些黏黏的。

这个吻让朱尔吃了一惊。她本不想让他碰她的。她从不喜欢任何人的触碰。可当保罗那柔软的嘴唇刷过她的嘴唇时，那感觉她喜欢极了。

她用手勾住他的脖子，将他拉近，又吻了回去。真是个漂亮的男孩子，她想。既没有什么压迫感也不会紧张得大汗淋漓。既没有贪婪也不会暴力。没有居高临下，也没有曲意逢迎。他的吻是那么温柔，朱尔得深陷其中才能好好体味。

真希望自己之前告诉他的是真名。

“我能给你打电话吗？”他问，“我是说，再打？不是为了你爸的缘故。”

不，不行。

不能再让保罗给伊莫金打电话。要是接通了，他就会明白那并不是他见到的那个伊莫金，“最好还是别。”朱尔说。

“为什么不行？我就要去马德里了，然后谁知道是在哪儿，不过我们可以——我是说我们可以先聊聊，时不时地聊聊。聊聊热巧克力酱奶油糖果酱之类的。或者聊聊你的新生活。”

“我已经有人了。”为了让他不要再说下去，朱尔开口道。

保罗的脸拉了下来，“哦，是嘛。这是自然的了。呃，反正你也有我的号码了。”他说，“刚才我给你发了个短信，646 开头的号码。你可以再联系我，万一你没人了——我是说离开那人了，反正就是那个意思。好吗？”

“我不会打给你的。”朱尔说，“不过还是谢谢你的冰激凌。”

一丝受伤的神色从保罗脸上闪过，不过也只是那么一瞬间。他立刻又露出了笑脸，“随时为你效力，伊莫金。”

他背上背包，离开了。

朱尔看着他的渡船驶离港口，然后脱下帆布鞋，赤脚走在沙滩上，踩进水里。她觉得伊莫金·索科洛夫应该会这么做，应该会将那白色吊带裙漂亮的裙摆提过膝头，品味这淡淡的哀伤，品味这港湾的美景。

3

2016 年 6 月的第二周

纽约市

距离前往玛莎葡萄园岛还有一周，朱尔和帕蒂·索科洛夫站在阳台上俯瞰着中央公园。太阳已经落山。整个公园在眼前伸展开来，宛如一个漆黑的矩形，被城市的灯光层层包围。

“感觉就跟蜘蛛侠一样。”朱尔脱口而出，“他就常在晚上俯瞰整座城市。”

帕蒂点点头。她专门做了头发，精心雕琢的大卷错落在她的肩头。帕蒂穿着一件长开衫，里面是一条奶油色的连衣裙，脚上搭配的平底凉鞋也很漂亮。不过她的脚却暴露了她的年龄，这还不算后跟和脚趾上贴着的创可贴。“小伊有个男朋友曾经来这里参加过派对。”她告诉朱尔，“他也对这风景说过类似的话。嗯，他说的是蝙蝠侠。不过意思还是一样的。”

“蝙蝠侠和蜘蛛侠可不一样。”

“好吧，不过他们都是孤儿。”帕蒂说，“蝙蝠侠很小的时候就没有了父母，蜘蛛侠也是，他和婶婶住在一起。”

“你也看漫画？”

“从没看过。不过我帮小伊校对过六七遍她的大学申请作文。她在作文里说，蜘蛛侠和蝙蝠侠都是她喜欢的那些维多利亚时代小说的后继。小伊确实非常喜欢维多利亚时代的小说，这你知道吧？她能从里面找到身份认同。你也知道，有些人会把自己定义为运动员；有些人会把自己定义为勇士，要为社会正义而奋斗；还有些人会把自己定义为戏剧爱好者。小伊把自己定义为维多利亚时代小说的读者。”

“她并不是最好的学生。”帕蒂继续道，“但她热爱文学。在大学申请作文里她认为，在这些故事里，孤儿是成为英雄的前提。她还认为那些漫画书中的英雄也不仅仅是英雄而已，而是‘会在道德上作出妥协的复杂人物，与维多利亚时期文学叙事中的孤儿一脉相承’。我记得这应该是她作文里的原话。”

“我高中时经常看漫画。”朱尔说，“不过到斯坦福后就没时间了。”

“吉尔是从小看漫画长大的，不过我不是，小伊也不是，真的。那些超级英雄只是她作文中的引子，用于指出为什么那些老书对今天的读者来说仍然重要。那些蝙蝠侠之类的东西绝大部分都是她从我刚才说的那个男朋友那里听来的。”

两个人回到了室内。索科洛夫家的顶层公寓风格现代富丽堂皇，不过里面堆满了书籍杂志和纪念品。室内铺着白木地板，厨房里有专门的厨子做饭，早餐桌上堆满了垃圾邮件、药瓶和纸巾包。桌旁还有一台呼吸机。

看到帕蒂带朱尔进了屋，吉尔并没有起身。他刚刚五十多岁，但常年的病痛在他的嘴角留下了深深的皱纹，也让他颈部的皮肤松弛了下来。他穿着运动裤和一件灰色的 T 恤，长着一张典型的东欧人的脸，卷曲的灰发很浓密，脸颊和鼻子上满是毛细血管破裂形成的斑点。他微微探出身子，和朱尔握了握手，仿佛动一下都要承受很大的痛苦。他向朱尔介绍了他那两只矮壮的大白狗——雪球和雪人，顺便也介绍了伊莫金的三只猫。

他们家的餐厅看起来很正式，吉尔拖着缓慢的步伐，帕蒂慢慢地跟在他的旁边，三个人直接走到餐桌旁开始晚餐。厨子上完菜后就离开了，只留下他们三个。他们吃了小羊排和蘑菇烩饭。吃到一半时，吉尔让人把氧气瓶也拿了过来。

奶酪端上来后，他们聊起了那两条狗，这倒是个新话题。"它们可把我的生活给毁了。"帕蒂说，"它们到处便便，吉尔就让它们拉在阳台上，你能相信吗？每天早上我一走到那儿就能看到一坨臭臭的便便。"

"你还没起来，它们就哼哼着要出去了。"吉尔一点都没有觉得不好意思。他拿开氧气面罩继续说道，"可我又能怎么办呢？"

"我们只好在阳台上喷漂白剂擦洗。木头上到处都是漂白剂的斑点。"帕蒂说，"虽然很臭，不过谁让我们喜欢小动物呢。喜欢它们就会让它们在阳台上便便的吧，我想。"

"伊莫金总是带流浪猫回来。"吉尔说，"每过几个月就有新的猫咪，那还是在她上中学的时候。"

“有些就是活不长。”帕蒂说，“她在街上找到它们的时候很多都有支气管炎，有些还有其他病，还小小的一点点就死了，每次小伊都会很伤心。她去瓦萨学院后这些小家伙们就归我们了。”帕蒂摸了摸一只正在餐桌下闲逛的猫，“除了麻烦外什么都没有，不过我们很高兴。”

就像所有的绿石楠“老校友”一样，帕蒂也有自己上学时的故事讲，“我们那时候必须要穿长筒丝袜或者过膝丝袜，搭配制服，年年如此。”她说，“一到夏天就难受得很。我上中学的时候——那还是七十年代末——我们有些人就干脆不穿内裤了，就是为了凉快点。只穿过膝袜，不穿内裤！”她拍了拍朱尔的肩膀，“还好到你和小伊的时候制服已经改样子了。你在绿石楠的时候参加音乐活动吗？你好像很喜欢格什温的作品。”

“只参加了一点。”

“还记得冬季音乐会吗？”

“当然记得。”

“我现在都还记得你和小伊站在一起的样子。你是九年级里个子最小的。你们一起唱了颂歌，卡拉维家的姑娘进行了独唱。你还记得吧？”

“当然记得。”

“他们在舞厅做了节日装饰，整个大厅亮堂堂的，墙角还有圣诞树。当然，他们还安置了大烛台[1]，不过只是装装样子而已。”帕蒂说，“哦，

[1] 特指犹太人庆祝节日时用的可插 7 ～ 9 支蜡烛的大型烛台。

该死，一想到穿着蓝色天鹅绒连衣裙的小伊我都要哭了。那是我专门为了那次音乐会给她买的礼服，宝蓝色，前面还装饰着衣褶。”

“我在绿石楠的第一天小伊就救了我。”朱尔说，“我在餐厅排队时被人撞上了，洒了一身的意大利面酱。我就只能这么站着，看着周围那些衣着光鲜的姑娘，她们在初中时就互相认识。”整个故事讲得很流畅，帕蒂和吉尔都是很好的听众，“我这一身的面酱，看着就跟血似的，坐到谁的旁边好像都不太好。”

“哦，可怜的宝贝儿。”

“这时候小伊大步走了过来。她一把接过我手里的托盘，把我介绍给了她的朋友们，好像根本没看到我那一身脏兮兮的样子一样，所以她的朋友们也假装没看到。就是这样。”朱尔说，“她是我那时候最喜欢的人之一，不过后来我搬走了，我们就断了联系。”

稍后，在起居室，吉尔坐在沙发上，插好了氧气管，帕蒂拿出一本厚厚的烫金纸相册，“不介意跟我一起看看照片吧？”

两个人翻看着一张张老照片，朱尔发现那时候的伊莫金非常可爱——身材娇小，又有点顽皮。她的发色很浅，一张肉嘟嘟的小脸在之后的照片中逐渐变成了高高的颧骨。很多照片都是以风景名胜为背景的。“我们去了巴黎”，看照片时帕蒂会说，或者是“我们参观了农庄”，“美国最古老的旋转木马”。小伊穿着性感的小裙子和条纹打底裤。绝大多数照片中的小伊都留着长发，看着有点狂野。在时间近一些的照片上，她还戴着牙套。

“自从你离开绿石楠后，她的朋友里就没有领养的小孩了。”帕蒂说，“我总觉得在这方面我们辜负了她。”帕蒂探出身子，“你呢？交往的人里有没有像你这样的家庭？”

朱尔深吸一口气，“没有。”

“你有没有觉得你的父母辜负了你？”帕蒂问。

“有。”朱尔回答，“我父母确实辜负了我。”

“我经常在想，自己当初要是用不同的方式把小伊养大该多好。再为她多做些，多在这些不好说的事上与她交流交流。”帕蒂不停地絮叨着，朱尔并没有听进去她在说什么。

朱莉埃塔的父母在她八岁的时候就都过世了。她的妈妈死于一场漫长而可怕的疾病。在那之后不久，她的父亲在浴缸中一丝不挂地失血而亡。

朱莉埃塔是由另外的人在一个不算是家的家里养大的，养大她的人就是她的姨妈。

不。她不该再想这些了。这些都要被擦除。

她正在重写自己的故事，一个原创故事。在这个故事里，整个起居室被翻了个底朝天，还是在一个月黑风高的夜晚。对，就是这样。这个故事还没写完，不过她已经尽力勾勒出了框架。她能看到她的父母死在街灯投射的圆形光斑下，死在浸透草坪的血泊之中。

“我们就进入主题吧。”吉尔喘息道，“不能把这丫头一晚上的时间都浪费了。”

帕蒂点点头，“有一件事我没有告诉你，这也是我找你的原因：伊莫金在瓦萨学院刚上了一个学期就退学了。”

“我们觉得是因为她和那些狐朋狗友混在一起。”吉尔说，“没有在课业上发挥出她的潜力。”

“哦，她确实不怎么喜欢上学。”帕蒂说，“肯定不像你爱斯坦福那样，朱尔。总之，她都没跟我们说一声就从瓦萨学院退学了。而且有足足一个月的时间她都不和我们联系。我们很担心。”

“是你很担心。”吉尔说，他探出身子，“我只是很生气。伊莫金太不负责任了。不知道她是丢了手机还是忘了开机，既不打电话也不发信息，什么都没有。”

“后来我们才知道她去了玛莎葡萄园岛。”帕蒂说，“我们以前经常全家一起去那里度假。显然她是跑到那里去了。她告诉我们她租了个地方，但不告诉我们地址，连在哪个镇子都不说。”

“你们干嘛不去看她呢？”朱尔问。

“我哪儿也走不了。”吉尔说。

“他每隔一天就得做一次肾透析，太消耗精力了，而且还有其他治疗。”帕蒂说。

“用不了多久我的五脏六腑都要出来了。”吉尔说，“到时候我得用袋子装着它们。”

帕蒂俯身亲吻了一下吉尔的脸颊，“所以我们有个想法，不知道，朱尔，你愿不愿意代我们跑一趟？去葡萄园岛。我们想过雇侦探——”

“是你想过。”吉尔说，“太荒谬了。”

“我们也问过几个她的大学同学，但他们都不愿意插手。”帕蒂说。

“你们想让我做什么？”朱尔问。

“确认她没什么事。别告诉她是我们让你来的，但是记得给我们发短信，告诉我们到底是怎么一回事。”帕蒂说，“并尽量想办法劝她回家。”

“你这个暑假没有其他活动吧？”吉尔问，“实习之类的事情？”

“没有。”朱尔说，“我没找工作。”

“自然，你在葡萄园岛的一切开销由我们负担。”吉尔说，“我们可以给你几千美元的礼品卡，并帮你预定好酒店。”

索科洛夫夫妇是这么的容易相信别人，这么的善良，这么的蠢。在阳台上便便的猫狗，吉尔的氧气罐，一本本插满照片的相册，对伊莫金的担心，甚至是干涉；杂乱无章的房间、羊排，还有他们那说不完的话，一切都美妙极了。

“我很愿意帮忙。”朱尔对他们说。

朱尔坐地铁回到了公寓。她打开电脑，搜索了一下，订了一件红色的斯坦福大学 T 恤。

几天后，收到 T 恤的朱尔使劲拽了半天领口，将领口拽得松动变形，然后又在底边上喷上漂白洗洁精，作出污渍的样子。

她把 T 恤洗了又洗，直到 T 恤被洗得软趴趴的，好像旧衣服一样。

2

2016 年 6 月的第二周

纽约市

去帕蒂家赴宴前的那天，朱尔站在上曼哈顿的街上，手里拿着一张写有地址的碎纸片。时间正是上午十点，她穿着一件黑色的棉质连衣裙，方形领口，很漂亮。脚上的高跟鞋也是黑色的，露跟尖头款，对她来说有点太小了。她的包里还有一双跑鞋。她把头发高高地绾起，还按照想象中大学女生该有的样式化了妆。

绿石楠学校由几栋翻修过的大厦组成，整座学校的建筑从第八十二大街的街口沿第五大道方向一字排开。学校高中部大楼的石质立面有五层楼高，朱尔就是要去那里干活儿。走上环状的台阶，经过门口的雕塑就是巨大的双开门，给人一种可以在这里接受到异乎寻常的教育的感觉。

“活动在舞厅举行。”朱尔进去时门口的保安说，“走右侧楼梯上二楼。”

门厅的地板是大理石的。左侧有个牌子上写着：主办公区。旁边的公告板上的名单列明了本届毕业生的去向：耶鲁、宾大、哈佛、布朗、威廉姆斯、普林斯顿、斯沃斯莫尔、达特茅斯、斯坦福。朱尔觉得这些地名看起来就像是虚构的一样，看到这一个个名字就这么列在那儿，就仿佛在看一首诗，每个名字独占一行，每个单词都有一种巨大的力量。

楼梯顶端的门厅直通舞厅。一个身穿红色外套看起来很有派头的女士伸着一只手走了出来，“餐点服务的？欢迎来到绿石楠。”女士说，“很高兴你今天能来帮忙，我是玛丽·爱丽丝·麦金托什，筹款委员会主席。”

“很高兴认识你。我叫丽塔·库舒拉。”

“绿石楠建立于1926年，是女性教育的先驱。”麦金托什说，“我们名下的三栋古典主义大厦以前都是私宅。现在这些建筑都是本地的地标，我们的捐助者也都是慈善家和关心女子教育的热心人士。”

“这是一所女子学校？”

麦金托什递给朱尔一条皱巴巴的黑围裙，“研究表明，女孩子在单一性别的学校中可以学习更多的非传统课程，比如高级科学。她们会不那么关心自己的外表，会更富有竞争性，并获得更高的自尊。”她就好像是在背诵自己已经说过无数遍的演讲词一样，“今天，我们估计会有大约一百名客人过来欣赏音乐，享用开胃小菜。之后在三楼的大厅会举行午宴。”麦金托什带朱尔进入舞厅，里面已经摆好了盖着白色桌布的高脚桌。“周一和周五女生们会在这里集会，其他时间这里主要用来练习瑜伽或者举办客座演讲。”

舞厅的墙壁上挂满了油画，空气中飘荡着家具上光剂的气息。屋顶上挂着三盏吊灯，墙角处还有一架大钢琴。真不敢相信这里是上学的地方。

麦金托什把朱尔指给了餐饮主管，朱尔也向他介绍说自己叫丽塔。把围裙套在衣服上系好后，主管就让她去叠餐巾了。不过那位主管刚一转身，朱尔就穿过舞厅走到其中一间教室那边朝室内张望了起来。

教室里摆满了书。其中一面墙上装着电子白板，另一面墙边排着一排电脑，不过房间中间的部分看起来很古老。地上铺着华丽的红地毯，实木的椅子围在一张宽大的老式木桌前。黑板上有老师写的字：

自由写作，限时十分钟：

“重要的是：时刻都要准备好，用牺牲你的现状来换取你的未来。”

——查尔斯·杜·博斯

朱尔摸了摸木桌的边缘，她以前是坐在那个座位的，就在那边，她就这么决定了。那里就是她以前常坐的位置，阳光从窗外照在后背上，眼睛正好能看到门。她在和其他同学争论杜·博斯这句话的含义。她们的老师，一个身穿黑衣的女子，正看着她们，不带丝毫的威胁，只有启发和鼓励，让她们变得更强，相信她们代表着未来。

一声咳嗽传来，餐饮主管已经站在了教室里朱尔的身旁。他指了指门口，朱尔跟着他回到那摞餐巾旁，开始一张一张地折叠了起来。

一个钢琴师匆匆忙忙地走了进来。钢琴师一头红发，骨瘦如柴，苍白的脸上长满雀斑，插在衣兜里的双手露出了一大截手腕。钢琴师翻开乐谱，又看了一两分钟手机，然后就开始了演奏。那音乐非常有力，又有种优雅的感觉，整个屋子仿佛都变亮了，仿佛派对已经开始。叠完餐巾后，朱尔走到钢琴师身旁，“这是什么曲子？”

“格什温的。”钢琴师一脸轻蔑地说，“今天的午宴全是格什温。有钱人都爱格什温。”

“你不喜欢吗？”

钢琴师边弹边耸了耸肩，“能付房租就行。”

“我以为能弹大钢琴的人已经就是有钱人了。”

“我们只有债务，通常情况下。”

“格什温是谁？”

“以前的著名作曲家。[1]”钢琴师奏完一曲又是一曲。朱尔看着钢琴师在琴键上翻飞的双手，听出了这首曲子，Summertime,and the livin' is easy。

“这首我听过。”朱尔说，“他死了吗？”

“死了很久了。他是二三十年代的人，第一代移民，父亲是个鞋匠。他在意第绪语剧场的演出中出道，然后写了很多流行爵士歌曲挣快钱，再之后又给电影作曲，在那之后才是古典音乐、歌剧。也就是说，他死的时候是个上等人，刚出生时什么都不是。”

[1] 这里原句将 is 纠正成 was，中文无法体现时态变化，故修改。——译者注

能够演奏一件乐器，这是多么的了不起啊，朱尔想。不管在你身上发生了什么，不管你的生活里还有什么，你都可以低下头，看着双手，在心里默念：我会弹钢琴。这一点对你来说是确定无疑的。

这就跟会打架一样，朱尔忽然意识到，跟会改变口音一样。这都是流淌在你身体里的能力。这些能力不会离你而去，不管你是什么样子，不管谁爱你，谁不爱你。

* * *

一小时后，餐饮主管拍了拍朱尔的肩膀，“你身上有鸡尾酒酱，丽塔。”他说，“还有酸奶油。去收拾一下吧，我给你换条围裙。”

朱尔低头看了看，解下围裙递了过去。

距离舞厅最近的那间洗手间里有人，于是朱尔走上石头楼梯来到了三楼，上面是两间装饰优雅的会客厅，桌上摆着盛放的粉红色花朵作为装点，宾客们正在互相握手，彼此介绍。

女洗手间附带一间休息室，里面贴着绿色的墙纸，还有一张虽然不大但造型华贵的沙发。朱尔穿过休息室，打开洗手间的门，在里面脱掉了丽塔的鞋子。她的脚趾都肿了起来，后跟也磨破了。她用湿纸巾擦了擦，然后就清理起了衣服上的污渍。

她光着脚回到休息室，看到一位五十多岁的女性正坐在沙发上。那位女士有种上曼哈顿式的美：晒黑过的肌肤上精心涂抹着粉底，棕色的头发也是染过的，身穿绿色丝绸长裙，让她看起来仿佛跟那绿色天鹅绒沙发以及金绿相间的墙纸是一套的一样。她没有穿丝袜，磨出水泡的脚趾上也贴着创可贴，一双襻带高跟鞋就放在旁边的地上。

“太热了，感觉脚都要肿了。”那位女士说，“这应酬可真是没完没了，不是吗？”

朱尔用和那位女士相称的标准美国口音回答道，“你还有多余的创可贴吗？”

“我有一整盒呢。”女士回答。她在自己的大手包里翻了半天，掏了出来，“我可是做好准备才来的。”她的手指和脚趾上都涂着淡粉色的指甲油。

“谢谢。”朱尔坐在旁边，料理起了自己脚上的伤。

“你不记得我了，是吧？”女士说。

“我——”

“没关系，我记得你。你和我女儿小伊穿上校服就跟一根豆荚里的两颗豆儿似的。再加上脸上的小雀斑，越是娇小可爱了。”

朱尔眨眨眼。

女士笑道，“我是伊莫金·索科洛夫的母亲，小可爱，叫我帕蒂就行了。高一的时候你来过小伊的生日宴，还记得吗？你就住在我家，我们还做了蛋糕棒棒糖。你和小伊以前还经常一起去苏荷区购物。哦，还记得我们带你去看了美国芭蕾舞剧院演的《葛佩利亚》吗？”

“当然记得。”朱尔说，“很抱歉我刚才没认出你来。”

“没关系。”帕蒂说，“不得不说，我也把你的名字给忘了。不过我从不会忘记别人的长相。再说你那时候还染了一头可爱的蓝色头发。”

“我叫朱尔。”

“啊，是了。你和小伊高一的时候关系那么好，真不错。你离开后，她就和道尔顿高中的那帮孩子好上了。我对他们的好感连对你的一半都没有。我以为参加今天慈善活动的没有几个最近几届的毕业生呢，应该没有你认识的人吧？都是些我这样的老姑娘。”

“他们给我寄了邀请函，我是为了格什温来的。”朱尔说，“顺便再故地重游一下。”

“你喜欢格什温，真是太好了。”帕蒂说，“我十几岁的时候听的都是朋克摇滚，二十多岁的时候都是麦当娜之类的。你现在在哪上大学呢？”

心跳。选择。朱尔把创可贴的包装纸扔进垃圾桶。

“斯坦福。”她回答，“不过我不知道秋天的时候还能不能回去。”她滑稽地翻了翻眼珠，“我正在和助学金办公室斗法呢。”说给帕蒂听的那些话在她嘴里产生了美妙的滋味，感觉就像溶化的焦糖一样。

“真是让人烦心。”帕蒂说，“我以为斯坦福助学金挺多的。”

“是挺多的，总体而言。”朱尔说，“不过没我的。”

帕蒂一脸严肃地看着朱尔，“我觉得会没事的。我一看就知道，你绝不是那种会坐吃闭门羹的人。嗯，你有没有找暑期兼职，或者参加实习项目什么的？”

“还没有。”

“那样的话，我倒有个主意想跟你说说。只是我自己的一点疯狂想法，不过你应该会喜欢的。”她从手提包里取出一张奶油色的卡片递给朱尔，上面写着一个位于第五大道的地址，“我得回家去照顾我先生了，他身体不好。不过你明晚来我们家吃晚饭吧，如何？要是能见到小伊以前的朋友，吉尔会很高兴的。”

“谢谢，我会去的。”

“七点？”

“一定准时到。”朱尔说，“现在，我们是不是得把鞋子穿上了？”

“哦，看来是不穿不行啊。”帕蒂说，“有时候，做个女人可真难。”

1

2016 年 6 月的第一周

纽约市

十六个小时前，晚上八点的时候，朱尔走出地铁站，来到布鲁克林一片不很太平的街区。白天的时候她一直在找工作，这已经是她连续第四次穿上自己最好的衣服出征了。

然而并没有什么好运气。

她住的公寓位于二楼，楼下是个小商店，脏兮兮的黄色遮阳棚上写着：快乐副食。这天是周五，时间已近傍晚。街角处，高谈阔论的人们三五成群。街边的垃圾桶里，垃圾都已经溢了出来。

朱尔在这里刚住了四周，房间是和一个叫丽塔·库舒拉的女孩子合租的。今天是交租的日子，而她一点闲钱都没有。

朱尔和丽塔并不熟。她从网上找到这里时两个人才第一次见面。之前她一直住在青年旅社，用图书馆的公共网络寻找公寓出租的信息。

她来看了房，丽塔出租的是一套公寓的起居室，用帘子与厨房隔开后就可以当作卧室使用。丽塔告诉朱尔，她姐姐最近刚刚回了波兰老家。

而丽塔更喜欢待在美国，她给人做清洁工挣钱，也在一家餐饮服务公司打工，结的都是现金。她在美国没有合法的工作身份，目前正在基督教青年会学习英语。

朱尔告诉丽塔她以前是做私人教练的，那还是她在佛罗里达的时候，丽塔就相信了。朱尔先用现金预付了一个月的房租，丽塔没问她要身份证，朱尔也从没说过朱莉埃塔这个名字。

有时候，丽塔的朋友们会在傍晚过来，抽烟，说波兰话。他们会在厨房里炖肉煮土豆。每到那时，朱尔就会戴上耳机蜷缩在床上，学习在线的口音课程。有时候丽塔也会走进朱尔的房间，放下一碗炖肉，然后一声不响地退出来。

朱尔是坐大巴到纽约的。男孩子、蓝冰沙、束带高跟鞋、人行道上的血，男孩子摔倒在地，经过这一切之后，阿拉巴马州的朱莉埃塔·韦斯特·威廉姆斯就消失了。与此同时她也离开了学校。她十七岁了，并不是非要上完学才行。没有哪部法律规定她必须那么做。

其实要是待着不走应该也没什么。那男孩子没死，而且也什么都没说。不过话说回来，要是她待着没走，男孩说不说可就不一定了，至少也会犹豫一下吧。

佛罗里达州彭萨科拉市距离这儿只有几百英里。朱尔在沿街商业区的一家健身房找了份现金付酬的工作。店主并不要求店员具有相应的上岗资质。他们都用类固醇给男孩子们增肌塑型，店里基本没有什么是合法的。

朱莉埃塔每天带领男顾客们训练，看场子的、打手、保镖，甚至还有几个警察。她在那里干了六个月，自己也长了点肌肉。店主在一英里外的地方还有一家武馆，并且同意朱莉埃塔免费去那里上课。朱莉埃塔租了一间附带厨房的汽车旅馆房间，按周结租。她还买了笔记本电脑和手机，不过也就仅此而已，她需要省钱。

午餐时，她经常会走到购物中心那边，那边看起来很高档，有喷泉，还有很多旗舰店。朱莉埃塔会在通风透亮的书店里看书，看橱窗里那些一件几千美元的衣服，或者在百货公司里试用化妆品。她记住了那些最经典的品牌的名字，用粉底、乳液和唇彩重塑了自己。她的脸今天一个样儿，明天又是一个样儿，而她没有为此花过一分钱。

她就是这么认识尼尔的。尼尔身材瘦削，穿着一身奶油色的皮夹克。他时不时地会来化妆品柜台，一待就是一个下午，就为了与女孩子们搭讪。他穿的是定制款的耐克，说话一股南方口音，年龄最多不过二十五岁，一张白嫩的娃娃脸，脸颊红润，留着连鬓须，脖子上还戴着个金十字架，整个人一看就是那种抱着大桶爆米花在电影院里大声喧哗的人物。

“尼尔什么来着？”朱莉埃塔问。

“我一般不用全名。”他回答，“姓氏没我本人好看。”

尼尔是个做业务的。朱莉埃塔问他在化妆品柜台干什么时他就是这么回答的：“做点儿业务。”

不知道这种说法是哪里来的，是彭萨科拉本地话呢，还是别的什么地方的。

不过朱莉埃塔知道这话的意思。

“跟我干吧，保你挣得比现在多多了。我会好好待你的。”尼尔告诉她。那是他们第三次聊天的时候。“你的钱都拿来干嘛了，漂亮宝贝儿？我看得出来，你一分钱都没花。”

“别叫我漂亮宝贝。”

“为什么？你这么光彩照人。”

“你真的能让姑娘们喜欢上你吗？就靠这么称呼她们？”

尼尔耸耸肩笑道，“能啊，当然能。”

“那你骗到手的肯定都是蠢姑娘。”

“我这儿可都是好姑娘，这才是事实。她们会告诉你怎么做的。活儿不难。”

“是嘛。”

“不会让你惹上麻烦的。有漂亮衣服穿，还能每天睡到自然醒。”

那天，朱莉埃塔拒绝了他，不过一周后尼尔又出现在了化妆品柜台。这次他表现得非常有教养，于是朱莉埃塔同意让他请自己吃顿饭，就在购物中心里的一家快餐厅，吃个卷饼。他们挑了张水池边的桌子坐了下来。

“男人喜欢有肌肉的女人，你知道吧。”尼尔说，“不是每个男人都喜欢，不过确实有不少人喜欢。他们喜欢被人颐指气使。他们喜欢你这么健美的女孩儿，喜欢你不让他们叫你漂亮宝贝儿的样子。明白我的意思吧？我可以让你从这种男人身上大挣一笔。非常，非常大一笔。”

“我可不要站街。”朱莉埃塔回答。

“根本不用站街，小菜鸟。我们有一组公寓，有门卫，还有电梯，有按摩浴缸。我还雇了个保安在大厅巡逻，人人都安全。你看，你现在生活得不如意，这我看得出来。相同的经历我也有。我也是白手起家的，为了过上更好的生活我可是把命都豁出去了。你这姑娘生得伶牙俐齿，长得又漂亮，不随大流，身材还好，又有肌肉，我相信你绝对配得上比现在更好的生活。我说完了。”

朱莉埃塔都听了进去。

尼尔说的正是她所想的，尼尔理解她。

“你从哪里来的，朱莉埃塔？”

“阿拉巴马。”

“听你的口音像北方的。”

“我把口音丢了。”

“什么？”

“我矫正了口音。”

“怎么做到的？”

光顾朱莉埃塔工作的那家健身房的都是些比较年长的人，他们只会谈些什么组数、英里数、重量、剂量之类的东西，但他们也是朱莉埃塔仅有的可以聊天的人。至少，尼尔还是个鲜肉。“我九岁的时候……”朱尔告诉他，“有一天我——就说是触霉头了吧。老师让我们安静。确切说是吼我，让我安静。‘闭嘴，小丫头，你说的够多了。’‘住手，小丫头，不许动手，有什么就说。'——与此同时还要闭嘴。他们要压扁你，他们想让你又小又安静。所谓的善良只不过是不许反抗的另一种说法。"

尼尔点点头，"老师也老说我太吵。"

"有一天，忽然没人来接我放学了。就是——没人来。办公室的人给我家打了一遍又一遍电话，但就是没人接。课后辅导老师凯拉小姐就开车送我回去了。当时外面已经黑了，我跟她也不熟。我上车只是因为她的头发好看。嗯，是挺蠢的，就这么上了陌生人的车，我知道。不过她可是老师啊。她给了我一盒嘀嗒糖。你看，一路上她都在说话，就是为了让我高兴。哦，她是加拿大人，我不知道是加拿大的哪儿，不过她有口音。"

尼尔点点头。

"我就开始模仿她了。"朱莉埃塔继续道，"我很好奇她说话为什么是那种味道。她说'汽油'的时候听起来像切油，'大约'听起来像大腰。顺便说一句，这叫加拿大式升调，是一种元音推移现象。结果我的模仿让凯拉小姐大笑了起来。她说我很擅长模仿。然后我们就到了我家，她送我进了门。"

"再然后呢？"

"家里一直都有人。"

"啊……"

"呵呵。我妈在看电视呢，根本没想起来要接我，或者就是不想。我不知道。她根本就没想去拿起那该死的电话，尽管学校打了那么多遍。

我推开门走进来，问，‘你干什么去了？’她说，‘安静，没看到我在看电视吗？’我说，‘为什么不接电话？’她说，‘我说了安静。’只不过又是一句闭嘴不许反抗。所以我就给自己弄了一碗干麦片做晚餐，然后坐在她旁边看电视。就这么看了一个多小时之后，我忽然想到了一个主意。”

“什么主意？”

“电视会教你如何说话。新闻播音员、富人，还有医务剧里的医生。他们都不像我这样说话。但他们的说话方式却是相同的。”

“应该是吧。”

“是真的。我就想：学会那种说话方式，这样也许就不会有人老让你闭嘴了。”

“你是自学吗？”

“我先学了标准美音，就是电视上那种。不过现在，波士顿口音、布鲁克林口音、西海岸口音、南部低地口音、加拿大中部口音、BBC 英语、爱尔兰口音、苏格兰口音、南非口音我都会。”

“你想当演员，是吗？”

朱莉埃塔摇摇头，“我还有更好的想法。”

“那就是统治世界了。”

“差不多吧。我会想明白的。”

“你肯定能成为演员的。”尼尔咧嘴笑道，“其实啊，我敢打赌你肯定会出演电影的。再过一年，我肯定会说，‘哇哦，那个叫朱莉埃塔的姑娘以前还在香奈儿的柜台蹭免费化妆品呢，她时不时地还会跟我聊聊。’”

“谢谢了。”

“你得弄几件漂亮衣服，朱莉埃塔小姐。你肯定会遇到愿意给你买珠宝华服的大金主。像电视上一样说话是一回事，不过看看你现在，一身运动服、球鞋，廉价的发型，这种样子是什么人都钓不到的。”

“我可不想卖你想的那些。”

“让我听听你的布鲁克林口音吧。”尼尔说。

“我的午餐时间结束了。”朱莉埃塔站了起来。

“就来一个吧，爱尔兰口音也行。”

“不。”

“好吧。要是你哪天想换个比现在更好的工作，这是我的号码。”说着，尼尔从口袋里掏出一张名片。那张名片是黑色的，上面的号码是银色的。

“我要走了。”

尼尔拿起手中的可乐，算是示意了一下。

朱莉埃塔笑着走出了快餐店。

尼尔让朱莉埃塔感觉很好，他很擅长聆听。

第二天一早，朱莉埃塔就收拾了行李，搭上了前往纽约市的大巴。她很怕，怕自己再待下去会变成什么样子。

* * *

此刻，朱尔该交房租了。而她最近一直在吃超市里的拉面，钱包里也只有五块钱。

纽约市的健身房都不愿意雇佣没有资格证的教练。她连高中文凭都没有，更没有推荐信，因为她那第一份也是唯一一份工作是不告而别的。健身房的工资应该是最高的，她这么想，存下点钱后，她会再想办法找个社会阶层更高些的活儿干。不过，看到没有任何一家健身房愿意雇她，她只得去应聘化妆品柜台、零售店员、保姆、餐厅招待那样的工作，任何公开招人的工作她都去。她每天都出去找工作，一找一整天，但没有一次应聘成功。

她走进公寓楼下的快乐副食店，里面生意很好。下班归来的人们在里面几盒几盒地买意大利面，几罐几罐地买豆子，还有些人在旁边的彩票机上打彩票。朱尔花一美元买了一杯香草布丁，拿了一个塑料勺。她一边上楼一边吃着布丁作为今天的晚餐。走进与丽塔共享的公寓时布丁也吃完了。

公寓里很暗，朱尔松了口气。丽塔要么就是早回来了，要么就是还在外面没回来。不论是哪种情况，朱尔都不需要编那个不能交房租的理由了。

第二天一早，丽塔并没有从她的卧室出来。这很不寻常，每个周六她都会七点钟起床去做她的餐点工。八点的时候，朱尔敲了敲门，“你没事吧？”

“我要死了。”丽塔的声音从门内传来。

“你今天还有工作，是吧？”朱尔探头朝卧室内看了看。

“十点钟。可我一晚上都在吐，鸡尾酒混着喝多了。”

“要喝水吗？”

丽塔呻吟了一声。

“要我去替你干活儿吗？”朱尔问，一个念头正在她的脑子里成型。

“不行吧。”丽塔说，“你知道怎么做餐点服务吗？”

“当然知道了。”

“要是我不去，他们会炒了我的。”丽塔说。

“那就我替你去吧。”朱尔说，“这样我们俩都好。”

丽塔把腿荡下床沿，搭在边几上，表情有些尴尬，“呃，好吧。”

“真的吗？”

“不过——你得告诉他们你是我。”

“我长得一点都不像你。”

“没关系，他们刚换了主管，他看不出来的。那是家大公司，重点是，给我签到。”

“明白。”

“记得走之前让他们付你工钱。一小时二十，要现金，而且你能得到小费。”

“钱我留着吗？”

“一半吧。”丽塔说，“毕竟，工作是我的。”

“四分之三。”朱尔说。

“好吧。”丽塔看了看手机，把信息抄在一张纸上，“绿石楠学校，在上东区。你得先坐大巴再乘火车，然后换地铁。”

“是什么活动？”

“筹款宴会。”丽塔小心翼翼地躺回到床上，一副不敢碰到脑袋的样子，“我以后再也不喝酒了。哦，你得穿黑色连衣裙。”

“我没有那种的。”

丽塔叹了口气，“从我衣柜里拿一件吧。他们会给你围裙的。不，别拿有蕾丝的那件。那件只能干洗，旁边棉质的那件。”

“鞋子也需要。”

“天呐，朱尔。”

“对不起。”

“穿高跟的吧。这样更容易得小费。”

朱尔把双脚挤进高跟鞋里，那双鞋太小，不过她还是硬穿在了脚上，“谢谢。”

“小费也要给我一半。”丽塔说，“那可是我最好的鞋了。”

* * *

朱尔从没穿过这么好的裙子。棉布很厚，是日常穿的那种，方形领口，裙子很长。她很惊讶丽塔居然有这么好的衣服，不过丽塔说那是她从二手店里淘来的。

朱尔穿上那身裙子，踩着自己的运动鞋出了门，丽塔的高跟鞋先装在包里。初夏温热沉闷的空气中，纽约市特有的气息包围着她，那是垃圾的气息，是贫穷的气息，是野心的气息。

朱尔决定还是走布鲁克林大桥过去，这样就能直接从曼哈顿那边搭地铁，不用换乘。

出来时太阳的光芒耀眼，远处的摩天楼隐约可见。朱尔看得到港口的船舶和船后的尾迹。阳光下，自由女神强健的身躯仿佛也在发着光。

这种感觉真奇怪，仅仅是穿上了别人的衣服就让她感觉仿佛变了个人一般。成为另一个人，变成另一个人，成为一个年轻美丽的人，迈过这座著名的大桥，迈向某个巨大的机遇，这种感觉正是朱尔来到纽约的原因。

直到这天早上之前，她从没有过这种无限可能就在眼前的感觉。

19

2017 年 6 月的第三周

卡波圣卢卡斯，墨西哥

一年多后，卡波旅馆，清晨五点，朱尔跌跌撞撞地来到浴室，洗了把脸，画上了眼线。为什么不呢？她喜欢化妆，而且又有那个时间。她抹上遮瑕霜，打上粉底，画上烟熏妆，然后涂上了睫毛膏和散发着黑色光泽的唇彩。

她抹了点发胶，穿好衣服。黑色的牛仔裤，还有靴子，搭配深色 T 恤。对于墨西哥温暖的天气来说太暖和了点，不过却很实用。她打包好行李，喝了一瓶水，走下楼梯。

诺雅正坐在大厅，背靠后墙，双手抱着一杯热气腾腾的咖啡。

等着她。

房门在身后关闭，朱尔后退几步，靠在了门上。

见鬼。

她以为自己自由了，或者就要自由了。然而眼前就有一场硬仗。

诺雅一脸自信的表情，甚至可以说是很放松的。她就坐在那儿，抱着膝盖，捧着咖啡杯，“伊莫金·索科洛夫？”她说。

等一下，她说什么？

诺雅以为她是伊莫金？

伊莫金，原来如此。

用狄更斯来赢取朱尔的信任，还有所谓的有病的父亲，还有那该死的猫。因为她知道这些东西能吸引到伊莫金·索科洛夫的注意力。

“诺雅！”朱尔背靠在自己那间客房的房门上笑着说，口音也换回了她的 BBC 英语，“哦，哇哦，你可真吓了我一跳。真不敢相信你也在这儿。”

“我想和你谈谈一位名叫朱莉埃塔·韦斯特·威廉姆斯的女性的事，她失踪了。”诺雅说，“你认识叫这个名字的年轻女性吗？”

“你说什么？”朱尔把手提包挎在身上，好让包不那么容易掉下来。

“你的口音可以省省了。”说着说着，诺雅慢慢站了起来，手里的咖啡一点都没洒出来，“我们有理由相信你一直在使用朱莉埃塔的护照。证据表明，几个月前，你在伦敦伪造了自己的死亡，之后就将自己的钱都转到了她的户头，冒用了她的身份，可能也获得了她的协助。不过已经有好几周没有人再看见过她了。自从你的遗嘱执行后不久她就消失了，一直到最近我们才发现你在格兰德海滩再次使用了她名下的信用卡。这些听起来是不是很耳熟？不知我能否看一眼你的身份证件？”

朱尔需要消化这些最新的情况，但她没有时间了，她必须立刻做出反应。

“我觉得你是把我跟别人给弄混了吧？”她继续用 BBC 英语的腔调说，“很抱歉问答游戏之夜的活动我没参加。等我把钱包拿出来，我想我们很快就能把情况搞清楚的。”

她假装在包里翻找，然后两大步冲向斜下方的诺雅，一脚从杯底踢翻了诺雅手中的咖啡杯，热腾腾的咖啡洒了侦探一脸。

诺雅的脑袋向后一仰，朱尔用行李箱狠狠地砸了过去。行李箱击中诺雅颅骨的一侧，将侦探打倒在地。朱尔举起行李箱再次击向诺雅的肩膀，一下，又一下。倒地的同时，诺雅伸出左手抓住了朱尔的脚踝，并用右手拉住了朱尔的裤腿。

这女人有枪吗？有。她腿上绑着个东西。

朱尔用靴子狠狠地踩向诺雅的手骨，碎裂声传来，接着是诺雅的尖叫。不过她的左手仍然牢牢地抓着朱尔的脚踝，让朱尔失去了平衡。

朱尔靠在墙上不让自己摔倒，然后一脚踢向诺雅的面门。侦探向后一闪，抬起双手护住眼睛，朱尔趁机掀起了诺雅的裤腿。

诺亚的小腿上绑着一把枪。朱尔一把将枪拽了出来。

她用枪指着诺雅，后退到大厅，拉起行李箱，枪口一直没有离开诺雅的方向。

到达楼梯口后，朱尔就转身飞速跑了下去。

出了旅馆的后门，她仔细查看了一下后门停车场上的垃圾箱和汽车，还有后墙边靠着的几辆自行车。

不行，朱尔不能骑单车，她还有行李箱要拿。

街道顺坡而下，指向一个购物中心，里面还有咖啡馆。

不行，去那里太明显了。

朱尔穿过旅店停车场，经过墙角时，她注意到了其中一间客房的窗户，窗户上沿没有关住。

朱尔看了看室内。

房间里没人，床也是铺好的。

她一把扯下窗纱扔进屋里，将行李箱从窗户上沿塞了进去，塞过廉价的百叶窗——空间勉强刚够。她把挎包也扔了进去，然后跳上窗台，翻进窗户，重重地落在了地上。翻窗户时她还擦伤了身上的皮肤。她关好窗户，调好百叶窗，然后将自己的东西与窗纱一起扔进洗手间，自己也藏了进去。

诺雅绝不会想到她还在旅店里。

朱尔坐在浴缸沿上，强迫自己放慢呼吸，她打开行李箱，取出那顶红色的假发，脱掉黑色 T 恤，穿上白色上衣，戴好假发，藏好自己的头发，然后重新关上行李箱。

她捡起那把枪，插进牛仔裤后腰，就像在电影里看到的那样。

几分钟后，她听到诺雅从客房窗外走过的声音，侦探走得很慢，边走还边在打电话。“我知道。”诺雅说，“我错估了形势，这我知道。”

短暂的停顿后，她说，“本来就是件小事，女继承人逃家那种，你明白的。”诺雅停下了脚步，说话声很清楚，“挥金如土的富家女。目前为止的证据都指向一个可能，为了过上毫无节制的奢侈生活，她和她的朋友导演了一场自杀秀。两个人计划一起出走，她们想要逃离日常的生活——疯狂迷恋她的前男友，还有控制狂父母。朋友以为她们会共享遗产，但继承人另有打算。她依照自己的计划窃取了朋友的身份证件，然后除掉了那个朋友……我们觉得最有可能的是买凶杀人，可能就在英国。现在那个朋友失踪了，她最后一次被人看到时是在伦敦，还是在四月份的时候。与此同时，那个继承人冒用朋友的身份，带着所有的钱跑了。她本可以过上幸福的生活，只不过那个迷恋着她的前男友不相信她会自杀，一直在骚扰警察。终于，警察也觉得他有点道理，于是就开始了追查，最后终于发现那个朋友的信用卡在这个墨西哥度假区被使用过。”

又是一阵停顿，是诺雅在听对方的回答。“得了吧，那种女孩子，瓦萨学院的女生，谁想得到能有那种攻击力，没人想得到。她也就五英尺高，穿的就是三百块的运动鞋，你可别想把这个锅甩给我。”

又是一整停顿，诺雅的声音越来越弱，应该是人走远了，“嗯，派个人来，我需要医护。那丫头把我的枪拿走了。是，是，我知道，我知道，让本地警察过来就行，comprende[1]？”

福瑞斯特雇了侦探。朱尔这才明白了过来。他一直不肯相信小伊自杀了，他从一开始就在怀疑朱尔，而他的不断质疑又带来了什么呢？人家告诉他伊莫金为了离开他而实施了欺诈，可怜的朱尔已经死了，只不过是个轻易上了钩的受害者而已。

---

[1] 西班牙语，明白。

朱尔出了浴室，她爬过地板，扒在窗户沿上小心翼翼地向外看了看，诺雅已经走下了坡，边走边捂着受伤的手臂和肩膀。

一辆超级卡波斯的巴士从路上开了过来，朱尔抓起行李箱走进大厅，从侧门出了旅馆。她故作镇静地走上街，抬起手臂。

巴士停了下来。

她深吸一口气。

诺雅没有转身。

她上了车。

诺雅还是没有转身。

她交了钱，车门关闭。一辆小轿车停在了诺雅站的地方，诺雅抱着受伤的手臂，给里面的人看了自己的证件。

大巴朝相反的方向开去，朱尔坐在了破旧的座位上，她坐的地方距离司机最近。

大巴可以载她去她想要的任何地方，超级卡波斯巴士就是这样。“Quiero ir a la esquina de Ortizy Ejido. ¿Puedes llevarme cerca de allí?[1]”朱尔问，奥尔蒂斯——旅馆办事员告诉她的那个地方，那个可以用现金买二手车，而且没人会多问什么的地方。

司机点了点头。

朱尔·韦斯特·威廉姆斯在座位上欠了欠身。

[1] 西班牙语，我想去奥尔蒂斯，可以带我去那吗？

她有四本护照、四本驾照、三顶假发、几千美元现金，还有福瑞斯特·史密斯·马丁的信用卡号可以用来买机票。

事实上，那张史密斯·马丁家的信用卡可以用来做很多事，甚至可以用来报复福瑞斯特给她造成的所有麻烦。

很诱人。

但她十有八九是不会费那个心的。福瑞斯特在朱尔眼中一文不值，尤其是现在，她再也不需要装作是伊莫金·索科洛夫了。

体内最后一丝小伊的遗存就像海滩上的卵石一样，被一道海浪卷得无影无踪。

今后，朱尔将成为一个完全不同的人。会有别的桥要过，别的衣服要穿，她已经改变了口音，改变了一切。

大不了就是再变一次。

朱尔取下玉蛇戒指，扔在地上，看着戒指滚进后车厢。在库莱布拉，没人在意你的真实身份。

后腰上的枪感觉热乎乎的。她有武器，但没有会破碎的心。

就像动作片里的英雄一样，朱尔·韦斯特·威廉姆斯就是故事的中心。

作者附记

The authors noted

写作本书的过程中，我从很多小说和电影中获得过灵感：维多利亚时代的孤儿故事、诈骗专家的传奇故事、反英雄小说、动作电影、黑色电影、超级英雄漫画、倒叙式的故事、关于阶级流动性的故事，以及那些描写野心勃勃但却不快乐的女人的故事。写作这部小说时我的感觉就像是在一层一层地堆砌引用。我不可能列出所有那些影响了我的东西，不过对我影响最大的还是派翠西亚·海史密斯的《天才里普利》和查尔斯·狄更斯的《远大前程》。

致谢

Thanks

谢谢这部小说最初的读者，他们给了我详细的反馈：艾薇·奥金、科埃·布思、马特·德拉佩纳、贾斯汀·拉巴勒斯蒂尔以及佐伊·皮尔斯曼。特别感谢莎拉·米利诺斯基，这部小说的多版草稿她都读过。感谢摄影师希瑟·韦斯顿为本书制作的华丽图片，尽管是受小说启发，但在我看来也加入了不少独特的美学。还要感谢艾利·卡特、劳拉·卢比、安妮·厄苏、罗宾·瓦瑟曼、斯科特·韦斯特菲尔德、盖尔·弗曼、米莉莎·坎特、鲍勃、梅格·沃利策、凯特·卡尔、利巴·布雷和里恩·詹金，谢谢你们的支持和你们出的点子。谢谢我的经纪人伊丽莎白·卡普兰，谢谢你的陪伴，还有经纪人助理布莱恩·迈克格弗格，你帮了我的大忙。谢谢热键公司的珍妮·哈里斯和艾玛·马瑟森以及艾伦与昂温公司的爱娃·米尔斯和伊莱斯·琼斯，谢谢你们最早给我的鼓励。感谢拉莫纳·詹金在医学专业问题上对我的帮助。感谢企鹅兰登书屋那非同凡响的团队，约翰·阿达莫、劳拉·安东奈希、多米尼克·西米纳、凯瑟琳·杜恩、科林·菲林汉、安娜·贾斯特比、丽贝卡·古德里斯、克里斯蒂·拉博夫、凯西·劳埃德、芭芭拉·马科斯、丽萨·纳德尔、艾德里安·韦恩特劳，以及很多我没有提到名字的人。特别感谢我那耐心、苛刻又善于激励的动作英雄式的编辑贝弗利·霍洛维茨。感谢我的家人，不论距离远近，尤其是丹尼尔·奥金，特别感谢你。

GENUINE
FRAUD

FONGHONG
凤凰联动出品